亲爱的哥哥山姆

My Brother Sam Is Dead

[美] 詹姆斯·林肯·科利尔
克里斯托弗·科利尔 著
柳筠 译

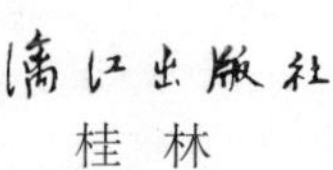

桂林

著作权合同登记号桂图登字:20-2016-071 号

图书在版编目(CIP)数据

亲爱的哥哥山姆/(美)詹姆斯·林肯·科利尔(Collier,J.L.),克里斯托弗·科利尔(Collier,C.) 著;柳筠 译.—桂林:漓江出版社, 2016.6(2019.2 重印)

书名原文: My Brother Sam Is Dead

ISBN 978-7-5407-7803-3

Ⅰ.①亲… Ⅱ.①科… ②科…③柳… Ⅲ.①儿童文学-长篇小说-美国-现代 Ⅳ.①I712.84

中国版本图书馆 CIP 数据核字(2016)第 080005 号

策　　划:谢　阅
责任编辑:胥婷婷
封面插画:李依浓
装帧设计:何　萌
内文排版:何　萌

出版人:刘迪才
漓江出版社有限公司出版发行
广西桂林市南环路 22 号　邮政编码:541002
网址:http://www.lijiangbook.com
全国新华书店经销

三河市腾飞印务有限公司印刷
开本:890mm×1 240mm　1/32
印张:6　字数:120 千字
2016 年 6 月第 1 版　2019 年 2 月第 2 次印刷
定价:25.80 元

献给永远活在我心中的萨莉和内德

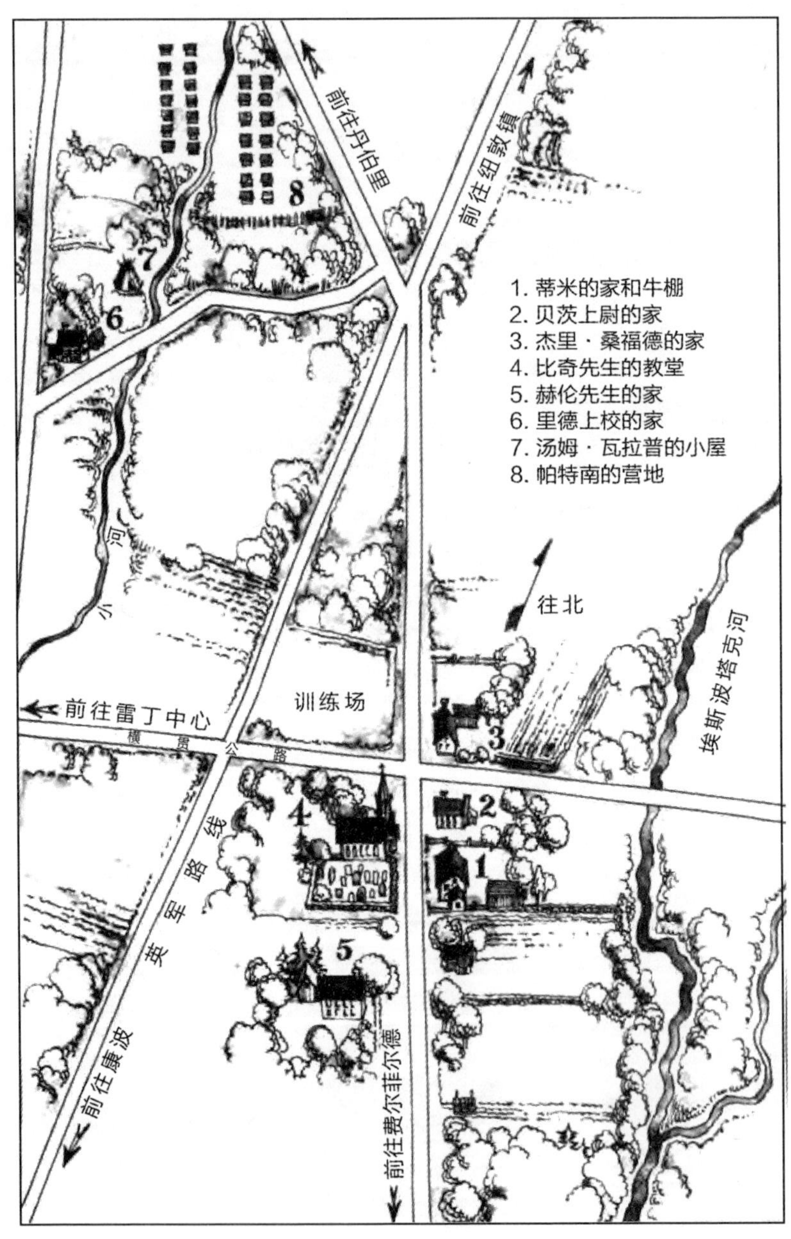

1. 蒂米的家和牛棚
2. 贝茨上尉的家
3. 杰里 · 桑福德的家
4. 比奇先生的教堂
5. 赫伦先生的家
6. 里德上校的家
7. 汤姆 · 瓦拉普的小屋
8. 帕特南的营地
前往丹伯里
前往纽敦镇
往北
小河
前往雷丁中心
训练场
横贯公路
埃斯波塔克河
英军路线
前往康波
前往费尔菲尔德

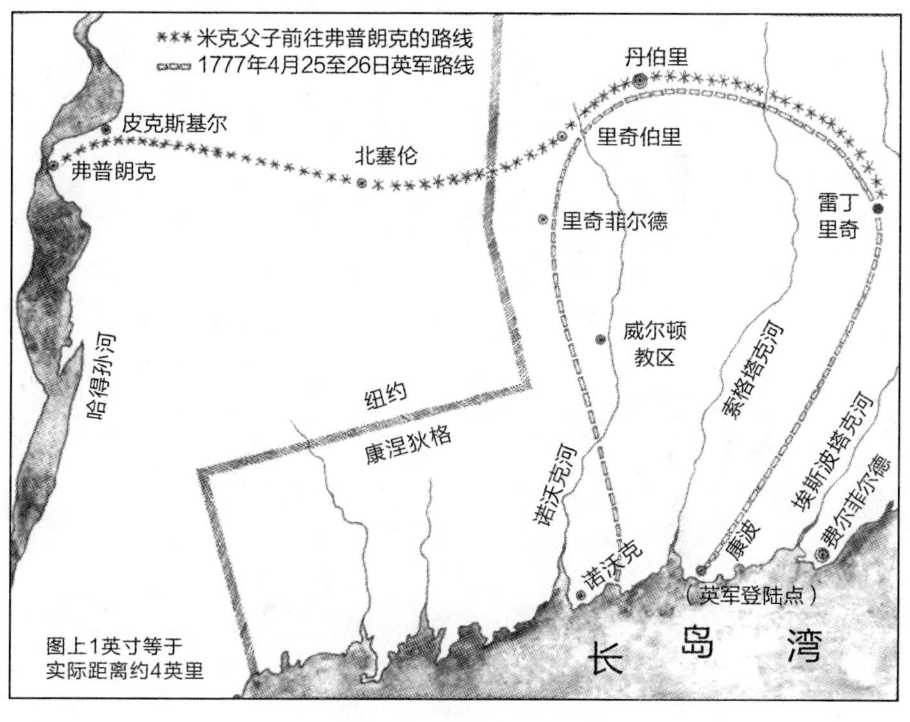
米克父子前往弗普朗克的路线
1777年4月25至26日英军路线
丹伯里
皮克斯基尔
弗普朗克
北塞伦
里奇伯里
里奇菲尔德
雷丁
里奇
威尔顿
教区
哈得孙河
纽约
康涅狄格
索格塔克河
埃斯波塔克河
诺沃克河
费尔菲尔德
康波
诺沃克
（英军登陆点）
长 岛 湾
图上1英寸等于
实际距离约4英里

第一章

4 月，外面黑咕隆咚，雨水噼里啪啦落在小酒馆的窗户上，像极了低沉的鼓声。我们正埋头吃饭，突然，大门猛地开了，“砰”一声撞到墙壁上，震得架子上的盘子咯咯直响，把所有人都吓了一大跳。我哥哥山姆站在那儿，穿着一身制服。哦，老天，他看起来是那么骄傲。

“山姆。”我母亲喊道。自圣诞节以来，这还是我们第一次见到他。

“把门关上。”父亲说，“外面在下雨。”父亲就是这样——先把该做的事情做好，否则别想他对你客气。

可山姆太兴奋了，压根儿就没注意。“我们在马萨诸塞殖民地打败了英国佬。”他大叫道。

“谁打败了英国人？”父亲说。

山姆关上门。“就是我们这些民兵呀。”他说着背对我们，拉上门闩，“该死的红外套英国兵昨天出了波士顿。他们在搜寻亚当斯先生和汉考克先生，一直行进到了列克星敦。一些麻省大学民兵在广场阻截他们，可英国佬太多了，他们闯过了封锁线，到了康科德，满世界找军火。只是爱国者们早把大部分军火都藏了起来，他们只找到一点点。等到他们掉头往回走，民兵就埋伏在路边的田野里，在他们返回波士顿途中，将他们全部歼灭了。”

大家一言不发。他们很震惊，所以都沉默了。我情不自禁地盯着他，他显得那么英勇无畏。他上身穿一件大红色上衣，搭配银色纽扣，还穿着白色背心，高至膝盖的绑腿是黑色的。哦，我真羡慕他。他很清楚大家的目光都落在他身上，可他这人就喜欢成为众人瞩目的焦点，还假装这只是小事一桩，而他早就习惯了。“我都快饿死了。”他说着一屁股坐在桌边，“我一大早 6 点从耶鲁大学出发，到现在才有工夫吃点东西。”

我们一共七个人坐在酒馆的桌子旁边。我、母亲、父亲，还有住在纽敦镇的比奇牧师，不过他星期六晚上会在雷丁这边过夜，这样星期天一大清早就可以在我们的教堂布道了。另外还有从雷丁中心来的两个农夫，不过我不认识他们。当然还有山姆。不过他们都没说话，我猜他们是这么认为的，既然山姆是父亲的儿子，该由父亲先开口说话。

这时，母亲起身从架子上拿了一个盘子，从放在火上的铁锅里盛了满满一盘子炖菜，然后从酒桶的龙头下接了一壶啤酒，放在山姆面前。山姆饿坏了，躬身趴在盘子面前，拼命往嘴里塞吃的。

“吃东西的时候别这样。”父亲生气地说。

山姆看起来有些尴尬，笔直地坐了起来。

“喂，好啦，”父亲说，“跟我们说说外面的情况，别慌里慌张的。”父亲脾气上来了，我看得出他在竭力控制。

山姆将勺子放在炖菜里，开始用勺子往嘴里塞食物。但他突然想起来，要是嘴里塞满食物，父亲又会大声冲他嚷嚷，于是他将满勺子食物又放回盘子里。“父亲，这事儿可没法儿不慌不忙地说。昨晚纽黑文发生的事儿外面都传遍了……”

“我想也是谣言。”父亲说。

“不，不，打仗的事儿是真的。”山姆说，“阿诺德上尉亲口告诉我们的。”

“阿诺德上尉？”

“本尼迪克特·阿诺德上尉。他是殖民地近卫步兵第二连的上尉。”他说着低头看了看炖菜，“也就是我的连队。”他抬起头，惊恐地瞥了一眼父亲。

“难怪穿得像参加化装舞会一样。”父亲说。

“这是阿诺德上尉设计的制服……”

“别扯远了，接着讲吧。”

“开始是那些红外套英国兵……”

“我想你说的是国王陛下的士兵吧。”父亲说。他仍然强忍着没有发脾气。

山姆的脸涨得通红。“好吧，那些英国士兵隶属于波士顿的驻防部队。他们开拔到列克星敦，想寻找亚当斯先生和余下的人，但亚当斯他们都跑了。有人在波士顿某座教堂的塔尖给亚当斯他们发信号。所以当那些红制服，我是说英国士兵去了列克星敦的时候，发现那里除了民兵，一个人都没有。跟着发生了枪战……”

比奇先生将手举起来，叫山姆先停下来。“谁先开的枪，山姆？”

山姆一脸困惑。“呃，我想应该是英国人吧。反正他们在纽黑文是这么说的。”

“谁说的？”

“我……我也不大肯定，”山姆说，“我想打起仗来很难分辨得清吧。但是……”

“山姆，”父亲说，“你觉得是谁先开的枪？”

“我不知道，父亲，不知道呢。但是……”

“山姆，我觉得这事儿很重要。”父亲说。

“为什么很重要？”山姆跟往常一样，也来气了，“红外套英国兵有什么权利来这儿？”我觉得他老是把英国士兵叫作红外套兵这事儿还真是挺搞笑的，因为他自己也穿着红外套。

“好吧，好吧，”比奇先生说，“关于这点就别争论了。后来发生什么事了？”

“好的，先生。”山姆说，“反正有些人被打死了，我也不知道到底有多少人。然后英国人去了一个叫康科德的地方找储存在那里的弹药，但他们没找到多少，只得掉头回波士顿。就在这时，民兵对他们一阵痛打，一路把他们撵回了家。”说到这里，山姆快速地吃了几口炖菜，免得他们又有更多的问题要问。

“该死，这些叛乱分子。”一个农夫骂道，“他们这是要把咱们全都卷入战争。”

比奇先生摇了摇头。“我觉得有常识的人才是多数。除了傻子和莽夫，谁都不想叛乱。”

“他们在纽黑文可不是这么说的，先生。”山姆说，“他们说马萨诸塞的所有殖民地都准备反抗，如果马萨诸塞反了，康涅狄格殖民地也会参战。”

父亲终于发作了，一拳砸在桌子上，把盘子都震了起来。“我家里绝不允许出现这种卖国言论，山姆。”

“父亲，这不是卖……”

父亲举起一只手，那一瞬间，我以为他的手要扫过桌子去打对面的山姆。但他只是再次重重地砸在桌子上。“在我家，卖不卖国我说了算。老师在大学里是怎么教你的？”

比奇先生不喜欢吵吵闹闹的场合。“我觉得雷丁那边的人也不是那么想打仗，山姆。”他说。

山姆紧张极了，但依照山姆的性格，他一定会据理力争。“您误会雷丁那边的人了，先生。康涅狄格殖民地的亲英分子比其他的殖民地多得多。纽黑文没有那么多反对独立的人，有些镇子里几乎完全没有。”

“哦，山姆，”比奇先生说，“我觉得你到哪儿都会发现忠诚是一种美德。我们以前就经历过这档子事，那些道德败坏的疯子打扮成印第安人的样子，在波士顿港口把茶叶都倒进了大海①，像是将几百英担②的茶叶弄湿，就能阻止地球上最强大的军队似的。这些挑事儿的人倒也能将人们的情绪调动起来，不过只维持了一个星期左右，就后劲儿不足了。一个月后，所有人都忘记了，除了白白送命的那些人的老婆和孩子。”

“先生，为了自由，死也值得。”

父亲听到这话后，大声叫起来：“自由？要自由干什么，山姆？自由地嘲笑国王吗？自由地开枪射杀邻居吗？自由地让几千人生灵涂炭吗？这些想法你到底是从哪里学来的？”

“您不明白，父亲，您真的不明白。如果他们不让我们

---

① 波士顿倾茶事件：发生在1773年12月16日，北美人民不满英国殖民者的统治，将东印度货船上的大量茶叶倒入大海，最终引起美国独立战争。——译者注。本书脚注均为译者注。

② 本书中的部分计量单位为英制计量单位。其中，1英担=50. 8千克，1英里=1. 6千米，1英尺=0. 3米，1英寸=2. 54厘米，1码=0. 9144米，1英制品脱=568毫升。为保持小说的原貌和阅读的流畅性，下文不再一一注明。

自由，我们就要战斗。他们凭什么把我们的税收到英国去，把我们的钱都赚走？他们离我们有三千英里，凭什么用法律约束我们？他们压根儿就不知道这边的情况。”

听到山姆跟父亲争吵，我紧张得要命。我看到比奇先生想让他别再说了，免得他到时候像以前一样跟父亲打起来。“上帝叫人们学会服从，意思是叫孩子服从父亲，子民臣服国王。作为上帝的子民，我对他的指引不会有任何质疑。乔治三世也是上帝的子民，你会质疑他的做法吗？回答这个问题，山姆，你真以为你比国王，比议会里那些有学问的人更明白事理吗？”

“议会里有些人也同意我的看法，先生。”

“这样的人可不多，山姆。”

“埃德蒙·伯克就同意。”

父亲又发脾气了。他又一拳重重地砸在桌子上。“山姆，今晚你别再说了。”

父亲没开玩笑，山姆也知道他没开玩笑。他不再说这个话题，而是转身跟比奇先生谈起了比奇先生准备修葺的教堂。我也很高兴。山姆像那样跟成年人争执我看着就害怕。当然，山姆向来都是这样，只要心里想什么他都会大声喊出来，甚至因此被父亲打。父亲从来没打过我，但他打过山姆许多次，大部分是因为争论。母亲总是说：“山姆并不是真的很叛逆，只是说话太快了。只要他学会在说话之前停顿一下，好好想一想就好了。”但山姆似乎永远都学不会。

因为山姆有什么说什么，父亲打过他，母亲虽然讨厌父亲这么做，但她一点儿办法都没有。不过，她也相信父亲做得对，小孩子说话的时候就应该彬彬有礼。我也觉得父亲的做法是对的，小孩子就应该安静点，不要什么都说，就算他们知道成年人的做法是错误的。但有时这很难做到。有时我自己都无法保持沉默，不过我不会像山姆一样捅出这么大的娄子。

当然，山姆差不多是个成年人了。他十六岁，离开大学快一年了，所以也不能说他是孩子了。我觉得麻烦就在这里。山姆也觉得自己是成年人，不希望任何人告诉他应该怎么做。不过，我看得出来，他仍然有点儿害怕父亲。

坦白说，关于山姆对打仗这档子事的分析，我也不大肯定他到底说得对不对。他讲的那些东西听起来好像没错。我们应该自由，不应该受离我们那么远的人的控制。但我觉得实际情况可能比山姆了解的更复杂。父亲跟山姆不一样，他从没念过大学，但我仍然肯定，他知道的事情一准儿比山姆多。父亲是成年人绝对没错，而山姆也许只是自己觉得自己成年了，但我只把他当我的哥哥。我怕父亲不假，但我可不怕这个哥哥。

再说了，他回来这事儿挺让人开心的，我不希望他跟爸爸吵得不可开交，最后闹得不欢而散。我只想他安安静静地把晚饭吃完，然后我们可以去阁楼上睡觉。阁楼上面黑乎乎的，我会依偎在他身边，帮他暖和身子，听他讲他在耶鲁的故事，他在纽黑文认识的漂亮女孩，他是怎么跟朋友们喝醉酒的，他是如何在辩论比赛中获胜的。可以说山姆是个常胜将军，每次从大学回家他都有获胜的消息跟我分享，大部分都是跟辩论有关的。比如他提出了一个有力的观点，辩得对方哑口无言。他会这样说："我提出了一个有力的观点，蒂米。"然后他会解释那个观点给我听，不过我怎么也听不懂，这时候他会说："蒂米，我那可是压倒性的胜利。所有人都围在我身边说：'这个观点太有说服力了，米克，真是太有说服力了。'"山姆不会将获胜的消息跟父亲、母亲或者比奇先生这样的人说，因为这种自我吹嘘是傲慢的行为，而傲慢是一宗罪。但他会在我面前吹嘘，因为我才不管什么傲慢不傲慢的，我觉得听起来很有意思。我估摸他吹嘘的事情大部分都是真的吧。他经常会将一些拉丁文和希腊文的书带回家，上面还有题词，说这是他在辩论比赛中获得的奖品。当然啦，那些题词也是用希腊文写的，我也不认识，但我相信他。

总之，我不希望山姆跟父亲吵架，到时候只会扫兴，而且，要是吵得过火，山姆可能会离家出走。有几次跟父亲吵架后，他就干过这样的事。一般他只会跑去汤姆·瓦拉普在里德上校房子后面的小屋里。汤姆·瓦拉普是雷丁的最后一个印第安人。他是那个叫"小鸡"的著名酋长的孙子，一个酋长取这么个名字还真是搞笑。瓦拉普并不介意有人睡在他的小屋里。山姆跑去那个地方挺方便的，因为那里离家很近，他如果不想在外面浪荡了，回家也很方便。

不过，这次山姆在吃晚饭时一直都没怎么出声。几个成年人都没注意他，但我老往他那边瞅，羡慕地看着他的制服。我看得出来，他好像有什么心事。我有点担心，生怕他又会说什么话，惹得父亲跟他争吵。但直到晚餐结束，成年人都站了起来，他也没说话，我想他应该安全了。“山姆，你要帮我挤牛奶吗?”我问。

“不行，我的制服会弄脏的。”

“那就脱了呗。”我看得出来他不想脱掉那身制服。

“我别的衣服还在耶鲁。”

“那就从父亲那里借吧。”

“好吧，好吧，”他说，“你先去牛棚。我等下就来。”

我知道他一定会拖拖拉拉，但我还是出去了，这样至少不会跟他吵架。牛棚就在房子后面。所谓的房子一部分是储藏室，另一部分用作酒馆。主屋是酒馆，里面有个很大的石砌壁炉，酒桶满满地装着啤酒、威士忌和苹果酒。中间有张大桌子，边上放着几条长凳，壁炉的另一头有更多的酒桶，还有很多箱子，里面全是我们准备出售给雷丁中心以及雷丁里奇周围那些农夫的东西。雷丁里奇也属于我们的镇子。我们出售的东西包括布料、针线、钉子、刀子、勺子、盐、面粉、罐子、锅子以及一些工具，不过大部分工具他们得到费尔菲尔德去买。

酒吧后面是厨房。那里还有个更大的壁炉，事实上，壁炉占据了正面那堵墙。当然厨房里还有储藏食物的碗柜，挂在天花板上的火腿，放在桶里的咸牛肉和咸鱼，储存在罐子里的蜂蜜和麻袋里的小麦。厨房门外面是一块泥泞的空地，正对着牛棚的后面。我们有一头叫布鲁的奶牛、一匹叫格雷的马，养了一些鸡、鸭、鹅，还有一只老母猪和六只猪仔。我和山姆以前经常照顾这些动物，但是他去念大学后，这些活儿就只能我一个人干了。我其实挺讨厌干这些活的，要做的事情还真不少。

我走出门外，因为4月的雨水不少，那块空地上有很多泥巴，我蹦蹦跳跳地走过空地，进入牛棚。老布鲁朝我发出"哞哞"的叫声。它讨厌要挤奶的时候还得等半天。我从钩子上取下木桶，开始给它挤奶。要说这活儿还真是挺烦的，每次手都会累得酸痛。我一直希望山姆会从门里走出来，这样，我们就能在成年人不在场的情况下好好谈谈了。可是他一直没来，我也开始做起了白日梦，梦见能跟山姆去耶鲁念大学，辩论赛的时候也将对手说得哑口无言，到时候山姆肯定会为我骄傲的——尽管我知道做白日梦是懒惰的表现，而懒惰也是一宗罪。我正漫无边际地做着白日梦，山姆终于走进了牛棚。不过，他仍然穿着他的制服。

"你到底打不打算帮我照顾这些动物啊？"我问。

"我本来没打算来，但母亲说什么手闲不干活，魔鬼专坑懒鬼。"

"好吧，"我说，"你帮我拿些稻草下来。"

"那我的制服上会全是灰。"山姆说着拿了一根稻草，靠在墙上剔起牙来。

"我以为你会去换衣服呢。"

"我找不到别的衣服穿。"他说。

"你瞧瞧这里有多少猪食要喂。我看你只是想在我面前显摆吧。"

"哪儿的话，蒂米，要是能找到合适的衣服，我真乐意帮忙。"

我将老布鲁的奶头对着他，用力一挤，牛奶溅到了他的裤子上。

"该死的，"他说着往后面一跳，"你个小鬼。"他一边骂，一边揩掉裤子上的牛奶。

"那来帮忙啊。"我说。

"好吧，我去捡蛋。这个篮子怎么啦？"

"坏了。"我说。有一次我生气的时候一脚踩在了上面。

"是个人都能看出来它坏了。"他说，"你怎么会把篮子弄坏呢？"

"老布鲁踩坏的，"我说，"垫些干草在下面就可以了。"

"天哪，你怎么什么事都干不了，蒂米？"

"别骂了，"我说，"骂人也是一宗罪。"

他拿起篮子。"篮子里有个洞，我还怎么装蛋啊？"

"别抱怨了。"我说，"你在耶鲁跟人唇枪舌剑的时候，跟女孩喝得醉醺醺的时候，我每天晚上都得干这事儿。"

"你知道我不会干那样的事儿，蒂米，喝醉酒是一宗罪。"

我咯咯笑起来。"跟女孩在一起叫什么，好什么来着?"

"好色，蠢货。我这里有首新歌，不过对你来说太色情了。"

"唱给我听啊，求求你了。"我央求道。

"不，你太小了。"

"不，我不小了。再说了，如果你不唱给我听，我就把你喝醉酒的事都告诉父亲。"

"嘘，行吧，行吧，我等会儿再唱给你听。"他说，"这个篮子算是用不了了。别的地方还有篮子吗?"

"那边挂了个新的，不过我们可不能用。"

"为什么不能用?"山姆问，"用了的话他们要怎样对我?"

我不喜欢他这样说话，让我觉得挺讨厌的。"听着，山姆，你为什么老是跟父亲吵架啊?"

"他为什么老是找我茬?"他将一些稻草垫在篮子里，然后就去母鸡的窝里找蛋了。

"这不公平。他出钱让你去耶鲁，给你钱买书，你应该对他好些。你也知道他只要一看到你穿制服，就会气不打一处来。"

山姆的胳膊上挎着破篮子，站在那里盯着我。我知道他是拿不定主意，考虑要不要告诉我什么。看着他这样的架势，我真觉得我应该一声不响。如果你假装对他说的事情不感兴趣，山姆一般都会不假思索地说出来，千万不要求他说。我继续给老布鲁挤奶。

最后他终于开口道：“我以前跟你说过我穿制服是有原因的吧。”

听到这话，我哆嗦了一下。“可是我不相信。”我说。我确实相信他有原因，但要让他把心里话都讲出来，最好的办法就是不要表现得太兴奋。

“是真的，蒂米。我要去跟红外套英国兵打仗。”

这话吓到我了，但也让我兴奋不已。不知道开枪打人是什么样的体验。但我仍然对他说：“我不相信你，山姆。”

“哦，你很快就会相信的。明天我要步行去韦琴斯菲尔德，跟我的连队汇合。然后我们就去马萨诸塞殖民地跟红外套英国兵干仗。”

这下我完全相信了。“你难道不害怕吗？”

“阿诺德上尉说害怕也不要紧。那些真正勇敢的人是会害怕的。至少中士是这么说的。”

“你好像挺为阿诺德上尉自豪的。”

“哦，他是个了不起的骑兵，非常勇敢。别人要是说什么胡话，他压根儿就不会听。他会领着我们打败红外套英国兵，那就跟用滚烫的刀子切黄油一样，小菜一碟。”他说着又去捡蛋了。

“你真的要去马萨诸塞吗？”我问。在我看来，那里好像离我们很远。“是波士顿吗?”

“具体我也说不上来。我想我们应该会去列克星敦。”山姆说。一枚蛋从他的篮子里漏了出来。“该死的，蒂米，你为什么不把篮子补好?”

“我补好了，可是又坏了。”我没有说一个月前就又坏了，因为我太懒了，没有再去补。懒惰也是一宗罪。“跟我讲讲战争的故事呗。”我说，想改变话题。

“吃饭的时候不是全都告诉你了?”

“你今天回家干什么来了?”我问。

他不再去找蛋了，而是又盯着我，良久才说：“我不能告诉你。”

“为什么呀?”

“你会告诉父亲的。”

“不会，我发誓我不会。”我说完干脆闭上嘴巴，求山姆可不是什么好主意。

“你会的。”

“好吧，那就别告诉我了。我也不在乎。反正你说的话我一句也不信。”我说。我快帮老布鲁挤完奶了，正捏着它的乳头，想把最后几滴牛奶挤出来，装作忘记山姆说的话了。

他足足有一分钟没说话，良久才开口道：“你发誓谁也不说?”

“我以为你不会告诉我呢。”

“那好吧，我不说了。”他说。

“我发誓。”我连忙说。

“以你的人格担保?”

“好的。”

“我是认真的，蒂米。”

“我用人格担保。”

他深吸了一口气，说:“我是来拿棕贝丝的。”

这话比他之前说要去打仗还要让我吃惊。棕贝丝是康涅狄格附近的人用的一种最典型的枪，是棕色的，名字来自伊丽莎白女王，她的绰号就叫贝丝，因为这种型号的枪在伊丽莎白女王时期用得最多。棕贝丝的枪身跟我差不多高，配有一把约二十英寸长的刺刀。父亲将枪挂在壁炉上方。他以前都是用那把棕贝丝猎鹿，有时候会拿着那把枪，跟其他人一起去追闯入牲口中间的狼。每年秋天，他去弗普朗克角卖牛，买储藏物资的时候都会把那把枪带在身上。他去弗普朗克的时候从来没遇见过麻烦，但他知道他认识的一些人遭到过绑架或抢劫。所以，那把枪对我们真的很重要。山姆说他要去跟英国人打仗是一回事，那些家伙离这里远着呢。但拿走父亲的枪真就麻烦了，父亲就在身边，在我看来他比英国人麻烦得多。

“山姆，你不能这么做。”我说。

“我说过我是认真的。”山姆说。

现在我真希望他没告诉我这事。“你不应该这么做，山姆，父亲会要了你的命。”

“要是我没有枪，那些红外套英国兵会要我的命，再说了，那把枪属于家里人，不是吗？我跟其他人一样都有权利用，对吧？”

我知道这话说得不对，直摇头。“那枪根本不属于什么家里人，而是父亲的。”

我们俩良久没有说话。最后山姆说：“你发过誓的，蒂米。你发过毒誓的。”

我真希望我没发过誓。现在我真担心我会违背誓言，但我更担心山姆会把那把棕贝丝偷走。“我们先把牲口喂了，然后上床睡觉吧。”

我觉得如果我们去睡觉，他肯定倒头就能睡着，因为他毕竟是从纽黑文步行三十英里回来的。明早，我们都得去教堂。星期天去教堂是我们家里的铁律。从教堂回来后，酒馆里一般人来人往，他也很难下手。

我给老布鲁挤完了奶。山姆拿着蛋向房子走去，然后又回来，我们给牲口喂了食物和水。我们都没怎么说话。我知道山姆后悔将这事儿告诉我了，我呢，在想办法一定不能让他把枪偷走。最后，我们把活儿干完了。“我们去睡觉吧。”我说。

“好吧，”他说，“去吧，我等会儿就来，我想跟父亲谈谈。”

“不过你得快点。”

“别担心，蒂米。你只管去睡吧。”

我不想撇下他，但我知道再吵下去也没什么用，所以我跟父母道了晚安，做了祷告后就上楼了。房子的二楼有四个卧室，有房客的时候他们就会住在上面。往来斯特拉特福和丹伯里以及利齐菲尔德和诺沃克的人很多，甚至还有去纽约的，沿途需要住宿。二楼再上面是我和山姆睡觉的阁楼。阁楼里的东西不多，只有两张床。从二楼到阁楼没有台阶，只有一架梯子。我爬了上去，也懒得点灯了。我对屋子熟悉得很，知道东西摆在什么位置。而且地板上有裂缝，一道道细细的光会从二楼射上来，如果你想找什么东西的话肯定看得见。我脱掉衣服，上了床，盖好毯子。每天酒吧里吵闹个不停，每次上床睡觉的时候我都累坏了，但我现在不想睡，想等山姆，这样就能听他说他辩论时出尽风头的事儿了。为了不让自己睡觉，我仰面躺在床上，看着黑漆漆的地方，看着许多小点在我眼前左右移动，但我的眼皮总是不自觉地合上。于是，我开始从头背《圣经》，但我大致背到《俄巴底亚书》的时候就睡着了。

等我醒来的时候，我听到有人在喊，便一骨碌从床上坐了起来。原来是父亲。我听不清他到底喊什么，但我能听见父亲厚重的声音一直在喊。接着我又听到山姆的声音，他也在喊，父亲又喊了什么。我下了床，悄悄地从楼梯上爬下来，趴在二楼的台阶上面。

“我不会给你枪的。”父亲喊道，“也不会让你去韦琴斯菲尔德，你给我马上脱掉这身军装，除非你明天想光着身子去教堂。”

“父亲……”

“我不会让家里出现破坏分子，我不会让家里出现叛徒。我们是英国人，是国王的子民，只有疯子才会说出那种大逆不道的话。”

“父亲，我不是英国人，我是美国人，我要为祖国的自由而战。”

“哦，天哪，山姆你这是要造反吗？为了省一些税钱，值得发动一场战争吗？”

“这不是钱不钱的事，而是原则问题。”

“原则，山姆？行，你懂什么叫原则，但我知道战争是怎么回事。你有没有见过最好的朋友躺在草地上，天灵盖都没有了，脑浆像燕麦一样涂在地上？你有没有看到过有人的喉咙被割断，只能用手捂着，血汩汩地往外冒，却什么也做不了，惶恐地瞪着眼珠子时的样子？五分钟后他就死了，即使到了那个时候他还想乞求上帝的恩典，可他却没什么办法，因为他的器官都被割断了。你有没有听到过有人被刺刀从后背中间插进去后发出的绝望的尖叫声？我见过，我听过，山姆。你出生前我在路易斯堡待过，呵呵，当年真是一场大胜。他们在所有的殖民地上都点了篝火。我将我挚友的尸体缝在麻袋里，背到他母亲面前。你希望那样回家吗？你希望我在某个夏日的早晨，听着马车咔嗒咔嗒的声响由远及近，然后跑出去发现你满身是血的尸体已经变得僵硬，眼睛茫然地望着天空吗？山姆，这不值得。你给我脱下军装，回去上学。”

“我不会回去的，父亲。”

他们没再说话。气氛变得很可怕，我的心脏“怦怦”地跳个不停，几乎无法呼吸了。

“山姆，我是在命令你。”

“您不能再命令我了，父亲，我是个成年人了。”

“成年人？你还是孩子，山姆，你就是一个孩子，只不过穿了一件华而不实的军装。”唉，父亲说的话真刻薄。

“父亲……”

“走开，山姆，走开，别在我眼前碍事。我不想看你穿着这件肮脏的衣服。滚出去，除非你穿得像我的儿子，而不是像陌生人，否则永远也别再回来。”

“父亲……”

“给我滚，山姆。”

我仍然能听见别的声响，能听见父亲沉重的呼吸声，就好像他在爬山一样。跟着是门被重重关上的声音。我担心父亲会上来，便不再趴在台阶上，而是偷偷地爬到梯子下面，准备爬上阁楼。但就在这时，我又听见更多的声响，有的还挺奇怪，我从来没听见过那样的声音，它们都把我搞糊涂了。我再次蹑手蹑脚地偷偷地往二楼的台阶溜去。走了大约五步后，我就能瞅见酒馆里面的情况了。父亲将头埋在桌子上，正在哭。我这辈子都没见父亲哭过，心想肯定要有糟糕的事情发生了。

第二章

父亲名叫伊利法莱特，但所有人都叫他莱夫。母亲叫苏珊娜。父亲出生于雷丁，我们在那儿有间酒馆，但母亲出生于纽约。父亲有表亲在纽约。他们的姓氏叫普莱特，这也是母亲以前的姓氏。我从没见过他们，但父亲每年去弗普朗克角卖牛，买日常用品的时候，都跟他们待在一起，会听到一些消息。

跟纽黑文比起来，雷丁这个镇子不是很大——尽管我没到过纽黑文。我只知道费尔菲尔德比较大，在长岛湾那头，以前我经常跟父亲、山姆去那儿的大商店里找糖果和朗姆酒，这些东西都是从巴巴多斯用大船运来的。费尔菲尔德有几千人，至少看起来有这么多人，但雷丁顶多有几百人。

雷丁镇分为两个部分，一个是雷丁中心，一个叫雷丁里奇，我们就住在雷丁里奇。我们的酒馆位于一个角落里，那里也是丹伯里—费尔菲尔德路和公路的交叉点。酒馆对面是教堂和墓地。教堂隔壁，也就是交叉路的另一边有一片空地，民兵就在那片空地上训练。我们的隔壁是贝茨家的房子，周围还有十几幢别的房子，是桑福德、罗杰斯、赫伦等人的房子。我们的酒馆顶上镶的是墙面板，但有些更富有的人家，比如赫伦先生，房子是用护墙板装饰的。

我们在雷丁里奇的教堂属于圣公会。“圣公会”就是“英国教会”的意思。在英国，所有人都属于这个教会，或者说至少他们应该加入这个教会。可是在康涅狄格殖民地，我们有信仰的自由，你想加入什么教会都行，除非你是天主教徒，但在康涅狄格很少有这样的教徒。雷丁中心有个基督长老教会。所以，如果你是长老会教徒，你就可以把房子修在那里，但如果你是圣公会的教徒，你就把房子修在雷丁里奇周围，不过有很多农民，他们住的地方离这两个教堂都不近，却只会去相应的教堂。

因为我们是英国的教堂，所以雷丁里奇的人当中亲英分子更多，都想对国王忠诚。说实话，我不清楚他们到底争论什么。打我记事起，一些事情无时无刻不在引起讨论、争论，比方说我们要不要服从英国国王的政府，要不要反抗。让我困惑不解的是，这种争论还跟别的争论不一样，别的争论就两个结论，这个争论起码有六个结论。有人说，国王就是国王，这没什么好说的，我们应该照他说的做。

有的人说我们应该独立，自己的事情应该自己做主。有的人说，我们生是英国的人，死是英国的鬼，但殖民地的人应该对自己的政府有更多发言权，也许我们得让那些红外套英国兵尝尝血的味道，告诉国王这事儿可不是闹着玩的。还有的人说，我们这些新英格兰人应该团结起来，或者所有的殖民地应该组成一个大政府。唉，人们的想法还真是不一样，唉，我也不知道，甚至不记得还有一些什么观点了。你也瞧出来了，这档子事真是挺让人摸不着头脑的，比方说，有时候山姆这边的人会被人称为爱国者，有时候又会被人叫作叛军。我一直都在读报纸上的报道，听人们谈论这些事情——听得我都厌烦了，所以现在基本上是一只耳朵进，另一只耳朵出了。

但现在这事可不仅仅是争论了。星期五，大约五十个民兵和很多英国兵在列克星敦或是康科德或是别的什么地方战死了。没人知道确切的数字。山姆却要去打仗了。

星期天早上，风和日丽，天气挺暖和的。那场雨在晚上就停了。虽然路上全是泥巴，但田里是干的，鸟儿在歌唱。我却没什么心情，还老想着昨晚山姆和父亲吵架的事，这件事情如同噩梦一般在我心头萦绕。以前山姆和父亲也吵过架，但他们过一两天就会讲和。可这次看起来比以往糟糕，我担心他们再也不会和好了。

我想父亲不会主动去谈这事儿。平常要是有重要的事情发生，他在决定怎么做之前通常会不露声色。所以这次我们准备去教堂的时候，他主动提起那件事情还挺让我吃惊的。

“蒂米，山姆有没有跟你说过要去打仗的事儿?”

我不想对父亲撒谎，但我也不想出卖山姆。“他说过，但我以为他是吹牛的。”

“他没吹牛，蒂米。他要去韦琴斯菲尔德。那些傻瓜准备往马萨诸塞开拔，他们去那里纯属多管闲事。”

“他真的要去打仗吗，父亲?”

“我希望不是这样。”他说，可他很快皱了皱眉头，“你是怎么看待这件事情的，蒂米?”

“我不知道，父亲，”我说，“其实我都还没弄清楚到底是怎么回事。”

“我想山姆一直在你面前灌输那些反动的思想吧。”

我希望自己接下来说的话不会再给山姆带来麻烦。“他说我们应该获得自由。”

“这只是他们那样的大学生在异想天开。”父亲说，他的语气中突然满是讽刺的意味，“谁没有自由？我们难道没有自由吗？争论的焦点不过是税收的问题，这对大部分人来说根本都不是个事儿。如果为了争这种东西，到头来把命都搭上了，他所谓的原则又有什么用呢？我们都是英国人，蒂米。当然有不公平的地方，这个世界总会有不公平，这是上帝的世界，但靠打仗永远无法消除不公平。看看欧洲，几百年来，他们战争不断，告诉我，他们到底获得过什么好处？好了，咱们还是去教堂吧，到时间做祷告了。”

我决定忘记所有的事情，这档子事真的太让人操心了。我们穿过泥泞的马路前往教堂，我爬进楼厅，那儿是孩子以及印第安人、黑人坐的地方。雷丁里奇是个小地方，所有人我都认识，很多孩子都在那儿，还有汤姆·瓦拉普，内德，斯塔尔家的黑人。我坐在杰里·桑福德旁边。杰里比我小两岁，但那些人中就他的年龄跟我比较接近，我们一起做过很多事情。他说的第一句话就是：“我们听说山姆跑去打仗了。”

看来谁也不希望忘记这事，还真是这样的。比奇先生布道的主题已经拟定了。他也揪着这个话题不放。他说我们最首要的任务是对上帝负责，我们的主耶稣基督说过：“这样，凯撒的物当归给凯撒，神的物当归给神。”意思是说我们应该成为忠诚的英国人。他说一些年轻人脾气急，不愿听长者的教诲，到时只会惹怒上帝。他说《圣经》教导年轻人要尊敬父亲，这话让我不由得又担心起山姆来，因为像他那样对父亲大喊大叫也是一宗罪，也许上帝会因此惩罚他。

我倒不认为上帝会用闪电之类的东西把他击倒。但我知道只要上帝愿意，准能放出闪电，不过我相信他从没做过这样的事情。最让我担心的是上帝可能会让红外套英国兵用刺刀捅他，以此惩罚他。我知道上帝会做这种事情，因为我曾亲眼见过。我记得那是一个星期天，雷丁中心有个喝得酩酊大醉的农民来到这里，他骑着马，要穿过坟地，比奇先生叫他出去，他叫比奇先生去见鬼，还骑马朝比奇先生飞奔过来。但那匹马顶多跑了两三步，就被一块墓碑绊倒了，农夫从马上摔了下来，脖子都摔断了，一分钟后就一命呜呼了。这是个真实的故事，有很多人目睹了这个情况。

所以我知道，如果上帝真想惩罚山姆，他肯定有办法的，这让我担心不已，拿不定主意到底哪个观点才是正确的，心思早就不在教堂里了。我只想早点离开这里。但比奇先生的布道至少还有一个小时才结束，他现在正在气呼呼地说列克星敦之战的事，估计还要很久才能完事。幸运的是，他必须回纽敦镇，下午还得在那里布道，所以他终于没再说了。我舒了口气，站起来，跟着众人朝台阶走去。就在我快走到台阶的时候，有人摸了一下我的胳膊，我连忙转身。

是汤姆·瓦拉普。汤姆看起来一点儿也不像印第安人。他跟雷丁镇所有的农夫一样，穿着棕色的衬衣和裤子，他的英语也说得极好。“你好，汤姆。”我打了声招呼。

他什么都没说，只是使劲儿捏了捏我的胳膊，他抓着我的手，像是要把我往后面拽。其他人都从我身边走了过去，往楼厅下面的台阶走去。跟着，他压低嗓门说：“如果我告诉你山姆在哪儿，你不会跟任何人说吧？”他目不转睛地盯着我，又用力捏了捏我胳膊，虽然不痛，却也清楚地表明，如果他愿意，想把我捏痛很容易。

“他在你那里吗，汤姆?”

“你保证不跟任何人说，蒂米。要不连我都有麻烦。”

“我不会说的，汤姆。”我本来就不想说，汤姆真是吓到我了。

他松开我的胳膊，转身走下台阶。我跟在他后面。我的父母都站在教堂前面，正跟人说话。情况跟平日里一样。恐怕只有在教堂的时候，我们才能看到一些农民从很远的教区来到这里，比如乌姆帕瓦格的人。他们想听到最新的消息，父亲总会花时间跟他们在一起，父亲说，对人热情一点是积德。我知道父母也想让我站在那里，热情一点，于是我也围了过去。但大部分时间我都是在跟杰里·桑福德互相扔石子，最后被父亲抓了个正着，制止了我们。我现在特别着急，一心只想见到山姆，但我必须假装并不是想急着去哪儿。谈话仍在继续，都是关于战争和可能要发生的事情。最后，父母终于不再说了，我们走到街对面。

“父亲，”我说，“杰里·桑福德要我帮他从林地抬一根大木柴。”

“安息日可不能干活。”他说。

“呃，不会很久的。”

他只是耸耸肩。我猜想他心中可能有很多事情要担心，没空操心我的事儿。我没有去小酒馆，而是转头朝马路边桑福德的家走去。我飞快地走过小酒馆，这样小酒馆里面的人谁也看不见我。跟着我爬上石墙，进入桑福德家的牧场，随即跑过田野，朝里德上校家的房子跑去。沿着马路大概要走两英里路，但是我从田野里横穿过去，只需要十五分钟就够了。汤姆·瓦拉普的小屋就在上校家房子后面的山坡上。即使有人在里德家的房子里看到我去了汤姆家，他们也不知道我去干什么。我缓缓地走在田野上。其实我挺紧张的，一是我对父亲撒谎了，二是因为山姆现在干的事儿。但今天的天气很好，我的心情也好多了。太阳暖洋洋地照在我的肩膀上，鸟儿叽叽喳喳地欢叫着，春天泥土和青草的芳香弥漫在空气里。我仍旧慢慢地走着，别的什么事情也没去多想，十五分钟后，我便来到了汤姆的小屋。

那是一栋典型的印第安式的小屋：柱子围成一圈插在地里，顶成拱形，用绳子绑好。上面盖着兽皮、破布，有的地方盖着茅草。顶上柱子相连的地方冒出细细的炊烟。门只是一个洞，用毯子当门帘，这会儿，门帘被拉到一边，好让光线射进屋子里。我猫着腰，从洞里走了进去，山姆跟贝琪·里德坐在地上，两人手牵着手，看起来非常紧张。

“你好，蒂米。”贝琪说。

“你好。”我说着走到屋子里面，蹲坐在火炉旁边，所谓的火炉只不过是地板中央围成的一圈石头。屋子里有张床，不过那张床只不过是用两张鹿皮罩在一个架子上。除了一些坛坛罐罐，屋里再无别的东西。“我不能待太久，我告诉父亲是去帮杰里·桑福德搬木柴了。”

“哦，父亲。”山姆说，话语中带着一丝苦涩的味道。

“我听到你和父亲吵架了。”我说。

“我现在已经长大了，不用他告诉我怎么做。”山姆说。

“今天早上他说你这样的做法是一群大学生在异想天开。”我说。

“那只是因为我不听他的话。”他捡起一枚石子，在两只手之间把玩着，“我猜他还在生我的气吧。”

“山姆，昨晚你离开后他哭了，也许他了解的战争是你所不知道的。”

有那么一会儿，谁也没说话。我拾起一根棍子，放进火里，看着它烧起来。然后贝琪·里德说：“蒂米，你是支持你父亲，还是支持山姆？”

我真希望她没问我这个问题。我不想回答。事实上，我根本不知道怎么回答。“其实我都没弄清楚是怎么回事。”我说。

“很简单，”山姆说，“就是我们能不能获得自由的问题。”

贝琪碰了一下他的胳膊。“没这么简单，山姆，哪能这么简单呢。”

“你家里人支持哪一边，贝琪？”我问。

“哦，我们全都是爱国者。毕竟，我爷爷是民兵的头儿。”

她爷爷就是里德上校。她父亲叫扎尔蒙·里德。他们住在离里德上校家不远的地方。

“你爷爷要去跟红外套英国兵打仗吗?”

“我想他应该不会了,”贝琪说,“爷爷老了。他说可能要让贤给年轻人。不到万不得已,我想他应该不会去打仗了。他说除了打仗,应该有别的办法跟国王和议会把事情谈妥。”

“没别的法子了。”山姆说,“英国政府想让我们沦为奴隶。我们必须跟他们干仗。”

“许多人都不愿去打仗。”我说。

“这里的确有很多人不会去,大部分都是亲英分子。父亲、比奇先生、莱昂一家、考奇一家,教堂里大多数人都是亲英派。他们以为别的地方都一样,其实根本不是这么回事。纽黑文那边的人就准备开战,温德姆的民兵已经开拔到波士顿了。”他的话里满是讥讽的语气。要是别人不同意他的意见,山姆说话的时候就是这样的调调,因为他总是觉得自己是对的,说实话,大部分时间他还真是对的,因为他非常聪明。不过,我仍然很难相信父亲是错的。

“山姆,父亲说对大部分人来说,并不是自不自由的问题,而只是减少几便士税收的问题。”

“这是父亲用来说服你的话,说什么整件事情只跟钱有关。但这是原则问题,蒂米。你要么遵循自己的原则,虽然有可能送命,要么弃之不顾。”

“谁想送命?”

“谁也不想死。”山姆说，“但为了自己信奉的原则，必须甘愿牺牲。”

“没错。”贝琪说。

“可是贝琪，你也不想去送死吧。”我说。

“如果我有本事，我也要去打仗。”她说。

我讨厌争论这样的问题。“也许国王会改变主意，把红外套英国兵撤走。”

山姆摇摇头。“他不会的。他觉得应该给我们一个教训。其实我们反而要教训他，我们已经在列克星敦让他吃到苦头了。”

“我也是这意思，”我说，“也许他不想再打下去了。”

贝琪摇摇头。“他不会的。按照我父亲的说法，他肯定不会善罢甘休。”

大家一时都没有说话，然后山姆说：“战争肯定在所难免了。你到底站在哪边?”

我没法儿回答。山姆显得他说的是对的，父亲说的是错的。但我想象不出我会反对父亲，所以干脆什么也没说了。

“蒂米，你可以帮我们的，只要你盯着酒馆的一举一动就可以了。雷丁多是亲英分子，所以他们肯定会经常说起红外套英国兵的动向。你可以找出亲英分子到底都是哪些人，谁支持我们，差不多就是这些事情。”

光想想这种事情都让人紧张。“我不会去打听这样的消息。”

“你可以帮我们很多忙。”山姆说，“你可以成为英雄。”

我站了起来。“我得走了。要不父亲会怀疑的。”

山姆也站了起来。“呃，你考虑考虑。”他说。

贝琪起身说：“蒂米，如果你在酒馆里听见什么的话，到时候我去那里找你。”

但我并没有留意她说的话，因为她起身的时候，我发现影子也动了，炉火照在小屋的墙上。铺在地上的毯子像是有人刚刚把它扔进来，这条毯子不是偶然扔在这儿的，因为枪托从毯子的一头伸了出来。

“山姆，”我大声喊道，“你偷了父亲的棕贝丝。”

他猛地回头一看。“该死的，”他说，“我可不想你看到这个。”

“山姆，你不能偷父亲的枪。那枪不是你的，是父亲的。”

“嘘，别说这么大声。这枪我必须拿走，蒂米。我得用它打仗。”

“山姆，你不能拿走，家里也需要。父亲需要这枪。”

“你不会想让我赤手空拳地去打仗吧？”他狠狠瞪了我一眼，“你是不是还想把我藏在这里的事情告诉父亲？”

“蒂米，”贝琪说，“你也不想你哥哥去送死吧？”

我茫然无措地站在那里，心里像打翻了五味瓶，什么也没说。

“你会告密吗？”山姆再次问道。

“山姆，求你不要把枪拿走。”我知道我快要哭了，“求你了，山姆。”

“这枪我必须拿走，蒂米。”

“蒂米，”贝琪再次说，“你是想让山姆去送死吧？”

“求你了，山姆。”

“你真会去告密吗？”山姆说。

我再也控制不了，开始哭起来。“不会，我不会告密。”我小声说，“再见。”

我转身，跑出小屋，走过田野。在半路的时候，想到自己哭了，感觉挺难为情的，于是我停了下来。等我到达酒馆的时候，就没再哭了，谁也没注意到。

第三章

如果你的国家即将发生战争，而且这场战争将改变一切，改变你的生活，你可能会觉得这是一件非常奇怪的事儿。你会觉得肯定到处都有人行军，训练，人们忙忙碌碌，到处都有人谈论战争。其实不是这样，情况还跟往常一样，一点儿变化都没有，正常得很。

战斗当然也曾发生。邦克山就发生过一场战争，爱国者杀了很多英国士兵，将他们赶走了。叛军不费吹灰之力就占领了泰孔德罗加要塞。但这样的战斗似乎离我们十分遥远，这样的新闻只会在《康涅狄格日报》或者别的报纸上看到。有时候，父亲会从弗普朗克买回《文顿公报》。那是亲英分子的报纸，他不应该买，这是非法的。所以，他只得把报纸藏起来。有时我就在想，如果你连想看什么报纸的权利都没有了，还谈什么战争会让你获得更多自由？哦，我不是说我们忽略了这场战争。雷丁镇的人也会七嘴八舌地讨论这场战争，要是小酒馆里的人喝了太多威士忌，有时候还会发生激烈的争执。有一次，父亲还将一个人扔出了小酒馆。他是个外地人，我猜他并没有弄明白雷丁是亲英分子的镇子，因为他说那些活着的红制服士兵统统都是坏蛋，只有死了的才算好人，说什么乔治国王是个浑身长毛的大傻瓜。我父亲说："这是破坏性言论，我们这里不允许说这种话。"

那人重重地将马克杯砸在桌子上。"我以为我周围都是一群自由的人，而不是女佣。"

那人话音还没有落，父亲就跳过去，将他从椅子上拖了下来，把他推出门外，摔倒在泥泞的街道上。那人仰面躺在地上，大声骂父亲，但父亲重重地关上了门，那人只得走了。我估摸他突然想起来这里是亲英分子的地盘。

但除了这种事情以外，战争在1775年的夏天没怎么影响雷丁镇。只有山姆除外。山姆走了，谁也没有提到过他。父亲、母亲，还有我都没有提及他。父亲没有提他，是因为是自己亲自把他赶出去的，我和母亲没有提他是不想让父亲生气。因为我们都知道，山姆可能死了。但我不愿去想这事，所以我也就没有提及他了。

夏天显得十分漫长，我仍旧过着平淡的日子，大部分时间都是做一些琐碎的事情。父亲拥有一家酒馆，所以做他的儿子比做大部分农夫的儿子强多了。要是家里有个农场，那就得辛苦地干活了：犁田啦，锄地啦，挤牛奶啦……农夫的儿子常常得一个人在田里干活，成天连个说话的人都没有。但在酒馆周围待着却真要好玩得多。人们来来往往，许多人去过哈特福德、纽黑文，甚至纽约、波士顿这样的大地方，总有讲不完的故事。不过这并没有像杰里·桑福德所以为的那样有意思。杰里大部分时间都在他叔叔的农场干活，他觉得我很幸运，却从没想过我为了烧壁炉、做饭，要砍很多木头，还要从井里挑很多水，要是没别的活儿干，我就得擦地板、抹窗户，什么都得打扫得干干净净的。我的母亲也特别爱干净。“在干净的屋子里吃饭都觉得香一些。”她总这样说。当然啦，我也要照顾家禽。除了这个外，我还得沿着费尔菲尔德路，去离小酒馆有两块田距离的林地里，我们还得赶着马车去那里。

所以，尽管这样的生活比干农活要有意思一些，但也不是那么有趣。当然，每次只要有时间，我就会溜出去，跟杰里·桑福德捣鼓出一些名堂。要是天气热，我们会去米尔溪游泳，或者去他的林地里爬树。我们会玩掷刀游戏[①]，或者在岩石上玩扮演鸭子的游戏，一般都是我赢，因为我跑得更快。如果碰上下雨，我们会跑到汤姆·瓦拉普那里，

① 掷刀游戏：一种儿童技巧游戏，如掷出的刀子不能在地上呈竖立状态，投掷者就要被罚用牙齿拔地上的刀。

让他跟我们讲印第安人打仗的故事，讲他的爷爷，那个叫“小鸡”的酋长的勇敢事迹。要是没人发现我，有时我会偷偷溜到阁楼里，看山姆从大学里带回的那本旧年鉴。但大部分时间我都要干活。

我经常见到贝琪·里德，她常来小酒馆买线、布料什么的。我发现她每次来买东西的时候，总会找借口留下来，其实她是想听酒馆里的人讲故事。最后，我母亲会说：“贝琪，我想你妈妈不是差你来这儿打发日子的吧。”这个时候她才会走。我不觉得听听有什么关系，反正我从来没听人说过什么要紧的事。

后来，9 月的一天，她拿着一个水壶来买啤酒。贝琪坐在桌子旁边，趁母亲往她壶里灌酒的时候，冲我眨了眨眼睛，头往门边努了努。我朝她皱了皱眉头，想弄明白她到底什么意思。这时，母亲把装啤酒的水壶拿了回来，放在桌子上。“你可以走了，贝琪，”她说，“手闲没事做，魔鬼专坑懒鬼。”贝琪起身，拿起水壶，朝门走去。

“我忘记收干草叉了。”我说。

母亲用逗笑的表情看着我。“你什么时候用过干草叉？”

“我刚才说的是干草叉吗？”我说，“我是说水桶，今天早上我给小鸡喂水的时候忘记收了。”我穿过厨房，来到外面，然后猫腰绕过房子。贝琪从前门走了出来，低声吹了声口哨，贴着墙侧来到我身边，一脸严肃地看着我。她比我高不了多少，不过，她已经十五岁了，当然也比我聪明。

“蒂米，我想跟你谈一件非常严肃的事情。”

那天阳光明媚。鸟儿啾啾地叫个不停，微风轻拂，你能闻到干草的味道像一波波的热浪朝我们袭来。酒馆的木墙板暖暖的。天气真好，也没什么烦心事。我低着头，把脸贴在暖暖的木墙板上。“山姆的事？”

“蒂米，如果他回到雷丁了，你会告诉你父亲吗？”

“我希望山姆把那把棕贝丝还给父亲。”

“蒂米，你就别担心这个了。山姆需要那把枪。”

“但我还是希望他把枪还给父亲。”

“别担心了。你就告诉我，如果山姆回来了，你打算怎么办？”

“山姆为什么要跟父亲吵架呢？”

“拜托了，蒂米，”贝琪说，“我得走了，你只管回答我的问题。”

我仍然没拿定主意发生战争的时候站在哪一边，我也不管山姆到底是爱国者还是亲英分子或者是别的什么人。我只想依偎在他身边，听他讲在辩论会上是怎么出风头的。我对山姆非常了解，相信他可能正在他的战友面前侃侃而谈。“我不会告诉父亲。”我说。

“你保证？”

“我保证。”

“你对《圣经》发誓，蒂米？”

“我对《圣经》发誓，”我说，“他什么时候回来？”

“具体什么时候我也不知道，”她说，“不过很快了。他寄了封信给我。”

听到这话，我有点失望。“他甚至都没说什么时候回来吗？”

“没有。我得走了，蒂米。记住，你答应过我的。”

可是山姆并没有很快回来。起初，我以为他几天之内就会回来，但他没有。一个星期过去了，又一个星期过去了，他还是没回来。每次我在酒馆或者教堂看到贝琪的时候，我都会满怀希望地看着她，希望她给我个提示，或者小声告诉我山姆马上就要回来了，可她从来都没表示过。我猜想她可能害怕当着成年人的面提到这个话题吧，特别是在我父亲或者别的亲英分子面前。有一次她到酒馆的时候，母亲正在厨房里为吃午饭的旅客准备面包，我总算逮着机会跟她说上话了。

“他什么时候回来，贝琪？”我小声说，“到底什么时候回来？”

“嘘，蒂米，”她示意我不要说话，“小声点。”

我不再说话了，但总是惦记着这事。我希望山姆回来，这样就可以听他谈论打仗的事了。我也想将我最近做的事情都告诉他，将所有他可能为我自豪，对我刮目相看的事情都告诉他。比如，我能将石子扔过酒馆的屋顶了，我们平常可不被允许做这样的事情，还有我的算术成绩是整个学校最好的。我以前的学习都不怎么好，但不知什么原因，我突然很擅长数学了。

9 月过去后转眼到了 10 月。大雁排成人字形正往南飞。树叶先是变成了红色，跟着变成了橙色，最后变成了棕色掉落在地上。我和父亲走过林地去准备冬天的木柴时，看到地上铺着一层厚厚的树叶。天空变得低沉，像 11 月天那种灰色。一夜工夫，水洼里就会结出一层冰。一天早上，贝琪拿着她的啤酒杯来到酒馆。母亲在外面喂小鸡，父亲在酒馆里磨双人锯，因为我们马上就要去林地了。

"你好，贝琪，"父亲打了声招呼，"你家人好吗？"

"他们身体很好，先生。"她说。

"那挺不错。我能为你做点什么吗？是来买啤酒的吗？是的话就请便，你知道啤酒在哪儿。"

"谢谢您，先生。"她说着走到啤酒桶那边。父亲正弯腰磨锯齿，锉刀跟金属摩擦的声音像在唱歌。"蒂米，你这个学期去学校念书吗？"贝琪问。

"去啊。"我说，然后看着她，"我们上个月就开学了。"跟着，我发现她朝我慢慢点了点头。山姆回来了。

第四章

我简直兴奋得不能自已，心情整个敞亮了起来，却也喜忧交加。吃午饭的时候，我几乎没办法强迫自己吃东西，不过我还是吃了，这样就不会有人怀疑。我很兴奋，兴奋得自己都担心起来。有几次我差点儿脱口而出。你知道当你对什么事情真正感兴趣的时候是什么心情，你会忘记自己在做什么，甚至忘记自己在哪儿。我一心只想去汤姆·瓦拉普那儿，等了这么久终于可以看到山姆了，我甚至老是忘记这件事原本是个秘密。我差点儿就说："也不知山姆有没有开枪打死过人。"或者说："我也许应该带点吃的给他。"但两次我都管住了自己的嘴巴。

最大的问题是找个借口离开。上学的时候会好办很多，我可以告诉老师，说我得回家去酒馆帮忙，这样我就能去瓦拉普家了。但我不想等到星期一，因为山姆那时候可能已经走了。

吃完午饭后，父亲要我带着斧子去林地。虽然天气暖和了一些，但那天是阴天，地上还有薄薄的一层雪。从林地看去，整个镇子一片雪白，像是刷了一层白色的漆，这样才能配得上教堂和房舍的颜色。我开始砍木头，同时盘算着要不要壮着胆子溜到瓦拉普家里去。我决定还是不要去，因为用不了多久，父亲就会发现砍木头的声音停了，他肯定会来看我在干什么。我得找个别的借口，于是，我一边砍木头，一边绞尽脑汁地想办法。

我正想办法的时候，开始听到了马蹄声。我直起身子，垂下斧头，听着动静。很多马从南边的费尔菲尔德路跑了过来，速度很快。我凝神往马路南边拐弯的地方看去。猜想他们可能正好从我身边经过。一开始，我只能听见擂鼓一样的马蹄声，而且声音很大，后来听见有人在喊，还有马具发出丁零当啷的声音。跟着，他们突然从拐弯处冲了出来，进入视线中的大约有二十个人，即使隔得很远，我仍能看到他们有些人穿着蓝色的制服，这就意味着他们是大陆军的人，也就是所谓的叛军。我退到树林中，看着他们疾驰而过。在雷丁镇看到一群骑马的人是极为罕见的事。他们过来了，然后飞快地拐了个弯，领头的军官佩着刀，后面跟着一群普通的士兵。大部分人身上都背着我们那样的棕贝丝。我猜他们大部分都是费尔菲尔德民兵队的。骑马的人用鞭子使劲抽着马，地上的雪跟泥巴搅在了一起。我弓着身子躲在树荫下，不过反正他们也不会注意我。不一会儿，他们就飞快地从我身边掠过了。我从林子里冲了出去，跑到大路上，去追他们。他们在酒馆旁边停了下来。那名军官和另外三个人下了马，其余的人骑着马飞奔而去。

我吓到了，但又很好奇。我想那名军官应该是进酒馆喝啤酒的。我从来没见过这么多真正的士兵，很好奇他们长什么样。不过我也不确定这么做是否安全。要是他们知道父亲反对这场战争，还指不定怎么对付他呢！但我仍然抑制不住内心的激动。于是，我穿过林地，走过白雪覆盖的田野，这样我就能从房子后面跑到酒馆了。我想偷偷从厨房的门里溜进去，先听听发生了什么事。我手里仍然握着那把斧子。手里拿着斧子奔跑是很危险的，因为你可能摔倒，砍伤自己，但我觉得将斧子拿在手里安全些。我从覆盖着薄薄一层雪的地面上跑过，来到牛棚后面，接着我小心翼翼地绕过牛棚，进入前面的空地。这会儿，我能听见马儿在酒馆前面跺脚以及马具发出的叮当声。

有人在大声喊叫。喊叫声是从酒馆里面传出来的。我飞快地冲过牛棚的空地，溜进厨房。酒馆的门差不多是关着的，但门和墙的连接处有条缝。喊叫声仍在继续。我踮着脚尖走到门边，将眼睛贴在缝隙处。

母亲靠在壁炉墙上。有个人站在她前面，斜挎着枪，防止她靠近。另外两名士兵将父亲的胳膊扭在背后，这样他就动弹不得了。那名领头的军官拿着一把刀站在父亲面前。“我们知道你有武器，米克，枪在哪儿?”军官吼道。他把刀往前一刺，像是要刺父亲一样。同时，扭着父亲胳膊的两个士兵也将父亲用力往前一推。看到这一幕，我不由得直哆嗦，我真想跑去什么地方找人救援，但转念一想，我也帮不上什么忙。那些爱国者可能只是想把亲英分子的枪都缴了。

“枪已经不在我手上了。”父亲喊道，“我那个好儿子塞缪尔①把它偷走去当兵了。”

军官听后哈哈大笑。“得了吧。我才不会相信这样的鬼话呢。你们这里的人都是亲英分子。我们只想要你的枪。”他说着将刀对准了父亲的肚子。

“随你信不信，”父亲说，“你到底想怎么样，用你的刀把我刺个窟窿，留下我那手无寸铁的妻儿吗?”

“你要是不交出武器，我还真会这么做。”他把刀再次朝父亲刺去，“我们知道你有把枪。我们知道雷丁镇所有亲英分子的武器藏在哪儿。不是所有的亲英派都会在国王面前扮哈巴狗。”

父亲吐了一口痰。“叛徒真是无处不在。”他喊道。

“小心说话，否则我把你的舌头割下来。”

哦，父亲冲叛军军官的喊叫声让我非常害怕。我真希望

---

① 塞缪尔：山姆的全称。

他不要说话，不要吵吵闹闹，甚至希望他求饶。我现在总算明白山姆的叛逆是遗传自谁了。跟山姆一样，父亲也从不服软。“哦，父亲，”我小声对自己说，“不要顶嘴了。”

我想父亲可能也意识到自己应该小声点说话，因为他正受制于人。我听见他冷静地说：“我跟你说实话吧，我儿子跑去参加你们的部队，还拿走了我的枪。我们除了切肉的刀，什么武器都没有了。”

军官看着父亲，想了想，最后终于开口道：“我不相信你说的话。”他抬起刀，我倒吸了一口冷气，但那名军官只是用刀的背面扫过父亲的脸。母亲尖叫着，父亲开始骂骂咧咧，他的脸和上嘴唇出现了一道细细的血印。我知道我必须做点什么，于是我冲出厨房，跑过空地，穿过牧场，朝里德上校的房子跑去。只有一个人知道父亲的棕贝丝在哪儿，那人就在汤姆·瓦拉普家。

哦，我好害怕。战争终于到雷丁镇了，太恐怖了。我很容易猜得出正在发生的事情，因为尽人皆知雷丁镇是亲英派的镇子。叛军决定先解除镇子的武装，至少解除亲英分子的武装。一是可以武装他们自己。所有人都知道叛军资源匮乏，其中就包括枪。二是确保雷丁的亲英分子不会袭击叛军，就像六个月前民兵在康科德和列克星敦袭击英国人那样。我知道叛军不是闹着玩的，只要他们想，就很可能杀掉父亲。

于是我跑上山，又跑了下去，翻过岩石，再爬过牧场的栅栏。我的肺里开始燃烧起来，尽管天气很冷，我的脸却被汗水浸透了。但我不敢停下来休息，我仿佛看到叛军的军官一刀刺入了父亲的肚子。所以我不停地跑，大口大口喘着气，我的腿越来越虚弱，还不停发抖，我好几次都差点摔倒了。

我终于看到汤姆·瓦拉普的小屋了，便不再跑了。我看到细细的炊烟从烟囱里飘荡而出，那缕青烟映衬在灰色的天空下几乎很难看清。我悄悄地绕到小屋的门前，毯子仍然悬挂在门上，我轻轻地拨开毯子，往里面瞅了瞅。石头堆砌的炉子原本烧了火，现在几乎已经熄了。但屋里面仍很亮堂，我能看到屋子里就只有山姆一个人。他趴在汤姆·瓦拉普的那张架子床上，身上盖着一条鹿皮毯子。我能听见他轻轻的呼吸声，看到他的背上下起伏着。我猜他肯定走了很远的路才回到雷丁，准是累坏了。不过，他向来睡得很香。我打小就跟他一起睡觉，知道即使用拳头揍他，也很难叫醒他。

我蹑手蹑脚地溜进屋，把门上的毯子放了下来，以防有人路过，然后跪在床边。我知道他肯定很累了，不忍心叫醒他。我将手放在床上，摇了摇，突然发现我摸到了一个奇怪的东西。我顺着床沿摸过去，毯子下有个又长又硬的东西，我知道就是那把棕贝丝。我猜山姆已经养成了习惯，睡觉的时候也会带着那把枪，这样就不会有人偷走它了。他趴着的时候，胳膊搭在枪上，那条毯子则将胳膊和枪都盖住了。

我的手小心地沿着枪管摸去，一直摸到枪托，我抓住枪托，轻轻地拉了拉。还在熟睡的山姆哼了一声，摇摇头，像是要将脸上的苍蝇赶跑，但他没有醒来。我又将枪托轻轻地拉了拉。这次他大声说着什么，但都是些模糊不清的话，我听不出来。

我松开枪，将手从毯子底下抽了出来，想着接下来要怎么做。山姆真的累坏了，他平常就睡得很死，我想即便我把他的胳膊拿开，他也不会醒来。以前我们经常睡在一起，每次他睡觉的时候都把胳膊和腿搭在我的身上，无论我怎么抱怨，怎么把身子扭来扭去，他都不会醒。想到这儿，我决定试一试。我把毯子掀开了一点儿，他的胳膊和那杆棕贝丝都露了出来。接着我很快将他的胳膊弯曲，这样它就不会搭在枪上了。他又哼了一声，但仍然没有醒来。我拿起枪，轻轻将门上的毯子掀开，猫着腰从小屋里走了出来。一到外面，我撒开脚丫子在被雪覆盖的牧场上飞快地跑着，祈祷在我回去之前，什么事情都没发生。放眼望去，我看到前面的雪地有一串我自己来时留下的脚印，那串脚印如同画出的一条线，横过田野和栅栏。

我非常担心，也非常害怕，就在我穿过里德家的牧场，想从石墙爬到另一边时，听到了山姆的声音。当时我正在翻墙，先是听到后面一串“咚咚咚”的脚步声。我回头一看，山姆从牧场的另一头，离我大约一百码的距离，正拼命朝这边追过来。他看见我正望着他，但他没有喊，因为害怕有人会听见。

我爬过石墙，没命地跑，但我知道没什么用。山姆块头比我大，身体比我强壮，速度也比我快。我再次回头看去。山姆已经往石墙这边跑过来了。他都不用爬，纵身一跃就跳了过来，然后继续往这边跑。我转了个弯，往左边的交叉路口跑去。我觉得山姆害怕被发现，应该不会往这边追过来。我想祈祷来着，但我居然想不出合适的词了，只能气喘吁吁地小声说："哦，求求你了，上帝。哦，求求你了，上帝。"

然后我听见山姆在我后面十码远的地方。"蒂米，"他小声喊道，"蒂米，看在上帝的分上，快把那玩意儿还给我，别把自己弄伤了。"

我猛地转过身来，面对他。他扑向我，一把抓住棕贝丝的枪口。我用力一扯，把枪夺了去。他骂了一声，将手指伸进嘴里，我才发现自己刚才用力扯枪的时候，他的手指被刮出了一道口子。我将那把棕贝丝对准他的肚子说："别再过来了，山姆，否则我就开枪了。"

我拿枪的姿势都不对。那把枪对我来说太长，也太重了，我没办法跟普通人一样架在肩膀上。我只得把枪靠在臀部，一只手扣在扳机上，另一只手握紧枪管。我知道我要是开枪的话，估摸自己都会被这枪震晕了，但我不在乎。

山姆紧紧地盯着我说："蒂米。"

“别动，山姆。”

“枪里没装子弹，蒂米。”

“你这个骗子。”

他开始朝我走过来。“退后，山姆，否则我把你的肚子打爆了。”我突然开始哭起来，不是只掉了几滴眼泪，而是大声地啜泣着，同时大声喘着气。当着山姆的面哭起来让我觉得特别难为情、特别尴尬，但这一切感觉太糟糕了，我根本忍不住。

“蒂米，别再疯疯癫癫的了。枪里没子弹，快给我，别把枪弄坏了。”

“天杀的，山姆，他们来了，要是不把这把棕贝丝给他们，他们准会杀了父亲。”

“谁？你说谁来了？”

“大陆军的人，还有一些费尔菲尔德来的人。”

然后他哈哈大笑。我都没弄清楚我到底要不要扣动扳机，就被山姆压在了身下，枪也被他夺走了。我发现我的手指流血了，我先前紧紧扣住扳机护圈的手指被磨出了血。山姆的脸吓得煞白。“你这小猪猡，你刚才还真会开枪打我，是不是？”他从我身上翻身下来后，我坐了起来。“你没事儿吧？”他问。

我跳了起来。“我有没有事不要你管，你个狗杂种。这次他们可能会杀了爸爸。”

“蒂米，我不能过去。”

“为什么不能？他们应该都是你的朋友啊。”

“我不能过去，蒂米，我不应该在这里出现。”

“你不应该在这里出现，到底什么意思呀？”

“我这会儿应该在丹伯里买牛。他们要我跟军需官钱皮恩上尉从坎布里奇出发去那里买牛，因为我是这附近的人。”

“你逃跑了吗？”

“我没有当逃兵，只是回家休息两天。钱皮恩上尉要去沃特伯里办点事，所以我决定偷偷回家休息两天。”

“回来看贝琪·里德？”

“没错，那又怎样？”山姆说。

“你就不怕会有麻烦吗？”

“他们抓不到我的。”山姆说，“当兵的总是偷偷溜回家里待几天，军官经常不知道一半的人去哪了。如果军官来找你，你的朋友就会说你脚踝扭了，落在了后面，正赶过来。”

“山姆，可我担心父亲。咱们别光在这里说话了。”

他看上去有点心神不宁。“可能没事。他们在很多地方都解除了亲英分子的武装，这是康涅狄格殖民地议会的命令。你也会觉得他们不会让亲英分子留着枪，对吧？”

“他们会对父亲怎么样？”

“哦，可能就是推他几下。他们不会开枪的。”

“我都看见了，山姆，他们会用刀子捅父亲的。你一定得过去，山姆，一定得过去不可。”

“我不能过去，蒂米。要是他们发现我了，可能会把我当逃兵绞死。”

“那好吧，那我把枪拿回去给他们。”

“这也不成，蒂米。如果我回到营地的时候连武器都没了，他们也一定会绞死我。”

我想了想。“哦，天哪，山姆，你到底为什么去打仗啊？为什么不待在大学里？”

“我没办法上学了，蒂米。我所有的朋友都走了，我怎么能不走呢？”

这个我倒理解，但我不打算被他说服。“你的家人应该比朋友更重要。”

他看起来有些尴尬，但什么也没说。

“我觉得你就是个懦夫。”我说。其实我并不是真的这么想——参军打仗的人可不是什么懦夫，但我仍然很生他的气。

“我不是懦夫。”他说。

说实话，我自己才是懦夫。现在我总算冷静了一点儿，不由得担心回家后的事。我想着我回到酒馆，发现父亲躺在地上，肚子被刀戳穿，流血死去的样子，母亲可能也死了。“好了，山姆，你要不是懦夫，就跟我回家，看看他们是不是有事。”

他想了想。“我顶多跟你回到牛棚那里。”他很快从挂在脖子上的牛角里取出火药，再从挂在皮带上的弹袋里拿出子弹，给枪装上，然后拿着上了膛的枪匆匆往家里赶去。

他这么轻而易举地就给枪装了子弹，这点挺让我佩服的。“你杀过人吗，山姆？”

他再次露出尴尬的表情。“我们还没打过仗呢。”

我们走过雪地，照着我刚才跑过来的路，爬上山坡，又跑了下去。山姆的步子迈得很大。他步伐坚定，走起路来非常稳当。因为经常行军，他早就习惯了这种走路的方式，我很难跟得上。但走这么快我倒是挺高兴的，因为我现在非常担心父亲。不到十五分钟，我们就来到马路上，穿过马路后，我们绕到了房子后面。我们猫着腰进了牛棚，望着酒馆。烟囱里冒着烟，但除了炊烟我们什么都没看到。没有声音，也没有人，马也不见了。

“什么事情都没发生啊。”山姆说。

“跟我进去看看吧。”我建议道。

“这样太冒险了，蒂米。”

“这里又没人。”我说。

他盯着我。我们两个都知道他有责任进去看看，因为他是长兄。“好吧，”他说，“咱们就进去看看。”

我们飞快地跑过牛棚前面的空地，进入厨房，突然发现父亲站在那里，脸上的血印都干了。他和山姆相隔五英尺的距离，盯着对方。接着山姆转身就跑。“山姆，”父亲喊道，“回来，山姆。”

但山姆将那把棕贝丝夹在腋下，跑过空地，飞快地跑过被雪覆盖的田野，朝林地跑去了。我和父亲也跑到空地上，看着他跑了。父亲知道不可能追得上他。我们看着他跑到牧场边缘的石墙那里，他跳了上去，站在石墙上回头看着我们。他出人意料地朝我们挥了挥手，然后从墙上跳了下去，消失在林地里。

第五章

直到那个时候，战争于我们而言还不太真实。我是说我知道正发生战争，因为《康涅狄格日报》上会刊登有关战争的新闻，我们在酒馆也能听到一些传言——旅客会跟我们讲故事，说什么某某被杀了，田里突然多了几具刚死不久的人的尸体。一天，有个参加过列克星敦之战的人在酒馆短暂停留。他膝盖受过伤，走路一瘸一拐，他将那颗打伤他膝盖的子弹用绳子挂在脖子上。山姆当然不是雷丁镇唯一一个参加民兵组织的人，除了他还有别的人。每隔一段时间，总能听到某某去打仗了，有的牺牲了，有的受伤了。

但这些人我都不认识，所以对我来说，战争似乎跟故事一样，像是在遥远的地方或者在很久以前发生的事，跟我一点儿关系都没有。但搜查武器的事情发生后，我的感觉就完全不一样了：战争是真实的，会发生在我的家里，也会发生在我身上。

幸运的是，那些当兵的没有伤人。如果一些人跟父亲一样对这样的事情反应过激，就会挨几拳。父亲的脸上留下了一道小小的伤疤，不仔细看的话几乎看不出来。但是，即使没人受伤，雷丁镇的人也因为失去了很多枪而气得够呛。枪很珍贵，倒不是因为它经常可以用来打猎——现在已经没多少猎物可打了，有些农夫偶尔能打到一头鹿或者一只麝鼠用来做下酒菜——而是因为大多数人都需要用枪来打狼，有时候狼会跑到牧场上来抓羊，还有的人用枪做日常的自卫。

最糟糕的是现在军队的食物开始短缺了。一些军需官，比如山姆跟着的那名军官准备购买大量牲畜用作军队的给养。有时候，士兵会从田里牵走两头牛而不付钱。爱国者和亲英派都干过这样的事。他们本不应该这么做，一般情况下都会付钱，但也有很多时候，一天的行军结束，结果发现一点儿吃的都没有，于是他们会走到田野里，宰几头牛，切成块，用肩膀扛回营地。农夫没了奶牛可万万不成，这意味着家里没有牛奶、黄油，也没有奶酪了。不过，碰到这样的事情，谁也没有好法子。对了，每次发生这种事情，人们就会请愿，投诉，但并没有多大用，因为士兵们早就走了，牛肉也进了他们的肚子。

1776 年 1 月，我们所有人都遇到了食物短缺的问题。

倒不是说我们必须忍饥挨饿了，而是维持酒馆生意的肉、面粉、朗姆酒以及啤酒什么的都非常稀缺。商店出售的商品价格越来越高，我们不得不提价，然而价格还在飙升，我们必须再次涨价。

但战争对我们最大的影响还是失去了山姆。虽然他念大学的时候也没怎么回家，我也习惯把平常他干的活儿揽下来，可是那时我不用时刻担心他，担心他中了枪，或者生病了，或者死了什么的。不过说老实话，我还真有点儿羡慕他。我老是想起他将那把棕贝丝夹在胳膊下，站在林地旁边的石墙上朝我们挥手的样子。

他看上去是那样地勇敢，完完全全是个成年人了。我希望我也能像他一样勇敢，变成像他那样的成年人。想起他可能中枪，受伤，或者被人打死就很不好受，但想起他潇洒地给枪上膛的样子，我就觉得很棒。我知道对做弟弟的来说，哥哥做的一切都是那样地帅气。我记得很小的时候，喜欢看山姆给老布鲁挤奶，当时我就很羡慕他，觉得他是那样聪明。后来，轮到我学着给老布鲁挤奶了，发现这活儿也没什么了不起，倒是挺辛苦的，挤得手都酸了。于是我就想去当兵也没什么大不了的吧，估计也要干很多辛苦的活儿。不过我还是很羡慕山姆，希望自己也赶快长大，做些光荣的事。

时间慢慢地流逝，战争仍在进行。有时候，我们会在报纸上看到爱国者胜利的消息，有时候又会看到亲英分子赢得了胜利。这事儿似乎挺乱的，很难说到底哪一方赢得了胜利，有时候在一场战斗中，双方都宣称自己赢得了胜利。父亲说：“叛军真他妈是一群蠢货，他们怎么会觉得自己可能打败整支英军呢？他们只会在林子里赢得一些小规模战斗，但要是跟英军展开大会战，他们就死定了。这场战争没什么好结果，只会死很多很多人。”有时候，爱国的民兵会路过雷丁镇，那些当官的会到酒馆喝杯啤酒，但他们从不扰民，喝完酒后就再次上路。我站在门口，看着他们离去。这个时候我就会想，如果我去当兵会加入哪方呢？英国部队的军服很漂亮，有崭新的枪。但加入爱国者的部队也让人兴奋——他们是弱势的一方，正在跟强大的英军作战。

转眼春天来了，1776 年 4 月的一天早上，赫伦先生跟汤姆 · 瓦拉普来到酒馆。外面淅淅沥沥地下着小雨，壁炉里烧着火。父亲正在编织椅子，我在帮忙。酒馆里暖暖的，让人觉得十分惬意。

父亲停下了手中的活计。“早上好，赫伦先生。”他打了声招呼，父亲对赫伦先生向来很礼貌。赫伦先生在都柏林的三一学院念过书，是个测量员。他还被选进过哈特福德的殖民地议会，但因为他是亲英分子，被爱国者赶了出来。他很有钱，不过谁也不知道他的钱是哪儿来的。他家里有个黑人，还有好几个佣人。

“早上好，莱夫。”他对父亲说，然后注意到了我，“早上好，蒂米。”

“早上好，先生。”我也打声招呼。

“莱夫，你家的小子真聪明。只要他乐意，怕是会跟山姆一样聪明。我希望他能继续上学。”

父亲耸耸肩。“我也希望他去上学，可我这里一天也离不开他。”

赫伦先生可能希望我继续上学，但我自己并不确定是不是要这么做。我想我的确跟山姆一样聪明吧，但我对念书的兴趣没有他大。我喜欢数学，但并不怎么喜欢拼写，也不喜欢学习《圣经》，背《旧约》中的诗篇。

“哦，山姆比我聪明，先生。”我谦虚地说。

“将来我还是希望他去上学，”父亲说，“但现在我很希望他在这里帮忙。没有他，这个小酒馆就开不下去。”

“不过，浪费天赋就太可惜了。只要他用心，我能让他成为一名测量员。一旦他学会了如何计算，我可以带他做一两年的学徒。”

成为测量员是件好事，可以赚很多钱。父亲说测量员对土地非常了解，将来很可能发大财。这样说的话，做测量员倒也不错。但我好像对这些东西没太大把握。“我不知道自己够不够聪明。”我再次谦虚地表示。

“你当然很聪明，蒂米。”赫伦先生坐在长桌子旁边，“蒂米，去给我打一品脱啤酒怎么样？也给汤姆来一杯吧。”

汤姆·瓦拉普空闲的时候会去帮赫伦先生干活，有时候他还会为赫伦先生跑腿。他没有坐，因为他只是一个印第安人，这会儿，他正靠墙站着。我从架子上拿了马克杯，装满啤酒，给他们端了过去，也给父亲端了一杯。这会儿，父亲也坐在桌旁，我则去编织椅子了。

“你们收到过山姆的消息吗?”赫伦先生问。

“什么消息都没有。”父亲说。我知道他不想谈论山姆，但他不能在赫伦先生面前表现得太无礼。

“他从不写信吗?”

“从不写。”

他们都没有注意我。我匆匆瞥了一眼汤姆·瓦拉普。他一脸茫然，端着啤酒杯站在那里。我不知道他支持哪边。他靠里德先生养活，而里德先生是个爱国者。但他又为赫伦先生跑腿，赫伦先生是个亲英分子。

“真为山姆感到可惜。”赫伦先生说。

父亲耸了耸肩，但他什么也没说。

赫伦先生肯定知道父亲不想谈论这个话题，但他接着说：“也许有办法找到他在哪儿。”

“如果他想见我们，他知道我们住哪儿。”

赫伦先生点点头。“其实我来这里不是谈论山姆的，而是想谈谈蒂米。我这儿有个小差事，想要蒂米帮我。我需要一个男孩帮我去费尔菲尔德跑下腿。”

我看着父亲的脸，他的眼睛眯着，盯着前方道：“为什么需要个男孩，赫伦先生，汤姆怎么就不行?”

赫伦耸耸肩。“这活儿对于一个陌生的印第安人来说很难，每次跑个五英里就要被拦住。但谁也不会打扰一个小孩。”

这主意听起来挺吓人的，但也令人兴奋。这算得上一场真正的冒险之旅。但我知道在这样的事情上我不能发表意见，所以我什么都没说。

“要他带什么东西？”父亲问。

“哦，只是一些商务信函。”赫伦先生轻描淡写地说，“不是什么要紧的东西。”

父亲什么都没有说，只是盯着他的啤酒。赫伦先生喝了一口，跟着说：“不会有什么危险，莱夫，谁也不会伤害一个孩子。”

“商务信函。”父亲说。

“是的。商务信函。”

到了这会儿，我再也不能一句话也不说了。“这活儿我能干，父亲。我明天早上就能到，吃晚饭的时间就能赶回来。”

“你别说话，蒂米。”

“我付给他一先令。”

父亲再次看着啤酒，慢慢摇摇头。“不行，赫伦先生。”他说，“不行。我已经有一个儿子卷入这场该死的战争。我不会让另一个再去冒险。”

赫伦先生想了想，又道：“我说过只是商务信函，莱夫，只是商务信函。”

父亲盯着他。“不行，赫伦先生。不行。”

父亲向来说一不二。这让我很失望。我独自一个人去费尔菲尔德是场不错的冒险。费尔菲尔德位于长岛湾，我总共只去过两三次，每次都是跟父亲和山姆去买朗姆酒。带信去费尔菲尔德的话可以让我在山姆面前吹嘘一番了。但父亲拒绝了。只能是这样，赫伦先生早应该知道。

赫伦先生喝完了啤酒，站起来。“我原本对你无比信任，莱夫，”他说，“我以为可以指望你。最近我们所有人都在做出牺牲。”

父亲也站了起来。“我已经做出牺牲了，赫伦先生，我失去了一个儿子。你知道我对叛军没有任何好感，但我不愿卷入这场战争。”

赫伦先生点点头，他和汤姆·瓦拉普走了。我拿起啤酒杯准备去洗。“我希望你能让我去，父亲。我不会出事的。”

父亲将一只手搭在我的肩膀上。“那不是什么商务信函，蒂米。”

“什么？”我很吃惊。

“我不知道赫伦的葫芦里卖的什么药。他说话的方式倒很像亲英分子，但我真的搞不懂。最好的办法就是不跟他搅和在一起。可以肯定的是，他要送的根本不是什么普通的信。现在干脆忘了这事，就当他没来过这里。”

父亲看着我的眼睛，我也回望着他。“好的，父亲。”我说。

但我没办法忘记这事。赫伦先生要我带的东西，没准儿是跟战争有关的信，或者是间谍探听到的情报，或许是别的东西。那天晚上我躺在阁楼的床上，一直想着这事。哦，想到要拿着情报去费尔菲尔德我还真有点害怕，但我真的很想去，因为到时候我就可以在山姆面前吹牛了。那些冒险的事都让山姆一个人占了，每次回家的时候，他都会讲在部队里打仗的精彩故事，我也希望有东西可讲。凭什么好事都归他？我为什么就不能经历一些风光的事？我希望他尊重我，以我为傲，而不仅仅把我当成弟弟。我不能像他一样在辩论赛的时候说得对方哑口无言，但我可以跟他一样勇敢地做一些大胆的事儿。

父亲不让我去，我很生气。其实我不应该生气，山姆的事情发生后，其实我真的不该生气。当然，父亲当时也没让山姆去，是他自己跑的。但我仍然很生气，想到这儿，我一拳重重地砸在床上。要是我能想个办法溜出去一天该多好啊。

第二天早上我在给老布鲁挤奶的时候又想起了这件事，我越想越生气。我帮布鲁挤完奶后，把它赶到牧场，然后我又去喂了鸡，捡好蛋，把牛奶挂在井里冷却。反正这事很不公平。等我回家的时候，我实在气不过了，准备跟父亲摊牌。

父亲坐在酒馆的桌旁喝茶。我面对他，尽可能站得笔直。“父亲，我为什么不能给赫伦先生送信？你不支持亲英派？”

他瞥了我一眼，然后吹了吹他的茶，想把茶吹凉。“原因我已经说过了。”

“这不是理由。”我说。

他盯着我。“如果要继续跟我吵，小心我揍你，蒂米。”

“我不管，”我说，“如果我们真的是亲英派，就应该帮助……”

他一拳重重地砸在桌子上，然后伸出大拇指，指着胸脯说：“咱们家要支持哪方，由我说了算。”

“父亲……”

“蒂莫西[①]，该死的，我……”他的话只说了半截。我很快知道原因了。他以前这样对山姆吼，山姆跑了。他害怕如果也对我这样吼的话，我也会跑掉。“蒂米，求求你了，”他尽可能冷静地说，“这事儿很危险。你觉得因为你只是孩子，他们就不会伤害你，但他们会的。那些人在这场战争中杀过小孩，他们才不会管你是不是小孩。到时，他们会把你扔到监狱船里，让你烂掉。你知道那些被关在监狱船里的人是什么下场吗？他们根本撑不了多久。只要一得霍乱、肺痨或者别的传染病，他们就得死。蒂米，这根本不值得。”

我知道他说得对，不值得去冒这样的险。但我就是想去。可是跟父亲争执下去也没什么用。

① 蒂莫西：蒂米的全称。

两个星期后，我终于想到办法了。我站在酒馆前面的路上清理木板上的泥巴，春天的时候，我们经常躺在那些板子上，这时，杰里·桑福德走了过来。

“你去哪儿?”我问。

“河里好多鲱鱼在游，”他说，随即拿出一卷带钩子和铅垂的线，“父亲说我可以去碰碰运气。”

“你真幸运，瞧瞧我在干什么。”

“问问你父亲啊，看你能不能去。”

“他不会让我去的。酒馆里有很多活儿要干。”

“去问他啊。”

于是我进了酒馆，父亲正在打磨酒馆的桌子。“父亲，杰里·桑福德要去抓鲱鱼。我可以去吗?”

“你在这里有很多事情要做呢。”

“如果我抓了很多鲱鱼，咱们可以用盐腌了。”

他想了想。“行吧，去吧。来点鱼块浓汤换换口味也不错。”

于是，我们去了杰里的家，又拿了一些线和鱼钩，然后往米尔溪走去，所谓的米尔溪就是埃斯波塔克河。那里有个供磨坊使用的水坝，水坝下面几百码的地方是一个很大的水池。春天，鲱鱼会游到上游产卵，但它们没办法从米尔溪游过去，水池挤满了鲱鱼。我们抓了很多鱼，也玩得很开心。父亲很高兴，他很喜欢喝鱼汤。但最要紧的是我终于有了离开的借口。

第六章

对我来说，现在最大的问题是见到赫伦先生。如果父亲看到我跟他说话，肯定会怀疑，如果他发现我主动挑起话题，马上就会明白是怎么回事。说来幸运，两天后，赫伦先生来到酒馆，准备买一小桶朗姆酒。当时父亲不在家，母亲说："蒂米会马上帮您把酒送过去，赫伦先生。"

我将那桶朗姆酒扛在肩上，跟着赫伦先生来到他家，他家离酒馆也就两百码的距离。我们绕到房子后面，我将酒桶搬到厨房，放在架子上。他从口袋里掏出一便士给我。

"谢谢，先生。"我说。

"你有没有想过将来哪天跟我学测量?"

"我还没想过，先生。但我想挣点钱，就是您上次提到过的那事。"

“哈哈，”他说，“你父亲改变主意了？”

“是的，先生，”我说，“他说只要他什么都不知道就没事了。如果我去了，什么也不告诉他就行，他说他不会反对。”

赫伦先生将一只手放在我的胳膊上，轻轻地捏了捏。“你在撒谎，对不对，蒂莫西？”

我的脸刷地一下红了。“我想是这样，先生。”

他松开我的胳膊。“你的父亲可不会经常改变主意，他决定的事儿不会轻易改变。”

我感觉自己傻傻的，不好意思地盯着地面。“是的，先生，”我说，“不过我仍然想去。我们不应该对国王忠诚吗？”

他摸了摸下巴。“不是所有人都是这么想的。”

“可我就是这么想的。”其实这并不是我的想法，我是说我压根儿就没什么主意，但我觉得，如果他相信我是个坚定的亲英派，没准儿能答应呢。

他脸上露出一种滑稽的笑。“你身上有你哥哥的气魄，对吗？”

能跟山姆相提并论让我感觉挺自豪的。“我跟他一样勇敢。”我说。

“这我相信，”他说，“要是我真让你去为我送信，你打算怎么告诉你父亲？”

“我说我去捕鲱鱼了。”

“要是你回家的时候两手空空呢？”

“我就告诉他鲱鱼跑了。我也不可能每次都能抓到鱼吧。”

他摸了摸脑门，想了想。“好吧。如果你明天早上能早点来，我就吩咐你做点事，让你赚上一先令。”

于是，那天晚上我问父亲我能不能再去捕鱼。他答应了。我感觉有点难过。这是撒谎，撒谎是一宗罪。违背父亲的意愿也是一宗罪。即便不是罪孽，我也觉得难过，因为父亲信任我，我却做出这么无耻的事。但我很想做点风光的事，好让自己也能被人尊敬。星期天早上，太阳还没升起，天刚蒙蒙亮的时候我就起床了，我拿上鱼线和鱼钩——得装得像模像样才行——去了赫伦先生的家。

我很幸运，那天天气很好。每年的这个时候，随时都可能下雨，还可能是个大冷天。但那天有太阳，天空只有几丝云彩。鸟儿在歌唱，路边的野花开得很灿烂，我的心情不错，挺激动的。往赫伦先生家里走去的时候，我不由得吹起了《扬基歌》①，过了一会儿我才想起应该低调点儿，这样别人就不会留意我去了哪儿。

来到赫伦先生的屋子后，我绕到后面厨房门前，准备敲门。可是我还没握紧拳头，门突然开了，赫伦先生一把抓住我的胳膊，把我拉了进去。我们经门廊进入他的书房。书房的装饰让人觉得赫伦家还真是有钱。屋子里有个小炉

---

① 《扬基歌》：美国独立战争时流行的一首歌曲。

子，烧红的煤炭发出明晃晃的光，桌子上的文件堆得高高的，地上铺着地毯，还有好几个衣柜。他坐在桌旁，在纸上写了什么，用信封封好。“蒂莫西，你得快点。这张纸条必须送往费尔菲尔德。到那里去至少需要五个小时，回来也需要五个小时，如果不想引人怀疑，你必须在天黑之前赶回来。你去过费尔菲尔德吗？”

“去过几次，”我说，“我以前跟父亲和山姆一起去过那里买朗姆酒。”

“那你肯定知道码头在哪儿了。听仔细了。到达码头之前，有条往左的马路。沿着马路大约走一英里，有座房子，房子的护墙板是白色的，绿色镶边。你去敲门，就说找布尔先生，把信给他。他会给你一先令。明白了吗？现在跟我重复一遍。”

我照做了，跟着把信塞进衬衣里面，离开了房间。我悄悄绕到后面，穿过牧场，抄近路回到马路上。这会儿，太阳已经升起来了，高高地挂在东边的牧场上。我判断现在应该是 7 点钟左右。在晚上 7 点之前太阳都不会落山，我大概有十二个小时，如果我能走快点的话，时间很充足。事实上，要是一切顺利，我在下午三四点钟的时候就能回来了，到时候我甚至还有时间抓些鲱鱼给父亲。于是，我将捕鱼的工具藏在石墙后面，以防万一。

接下来，我迈着轻快的步伐上路了。虽然那天出了太阳，但空气清新、凉爽。在这样的天气走路感觉很好，我有点儿激动，也忘记了害怕。不过一路上我担心信掉了，所以每隔一段时间我都会摸一下，生怕那封信从衬衣里掉出来。走了一会儿，我来到一个地方，那里有条路，可以从通往雷丁中心前往费尔菲尔德路。我短暂地休息了一下，想看看能不能把信安全地藏好。我正想把信塞在皮带的搭扣里面，突然听到有人在喊。我抬头一看，贝琪·里德从通往雷丁中心的路上跑了下来。

“你好，蒂米。”她说。

“你好。”

她跑到我跟前。“你在这里干什么？那是什么？”

我飞快地将信重新塞回衬衣里面。

“没什么。”我说。

“明明有东西，”她说，“是封信。”她笑了笑。“你有女朋友啦？”

“没有，”我说，“我得走了。赶时间呢。”

“我跟你一起走，”她说，“你去哪儿？”

跟她一起上路一下子令我紧张起来。不过，她现在什么都没怀疑，我觉得她应该不会去酒馆告诉我父亲，说她看见我了。但如果她碰巧看到父亲了，她可能会说。“我去捕鱼。”我说。

“捕鱼？那你走去往费尔菲尔德的路？”

“米尔溪有鲱鱼。”

“呵呵，那你可走错方向了。”她说。

“哦，我知道啊，我已经去过那里了，但那里没有多少鱼，现在我打算去别的地方。”这段时间撒了这么多谎，我的脸都红了。撒谎是一宗罪。

“你不想知道我去哪儿吗？”她说。

“想知道啊。”我说。

“我去霍斯内克。猜猜看我去那里干什么。”

我最好还是别说话，让她说，因为这样我就不用扯谎了。

“我不知道。去买布吗？”

“再猜。”

霍斯内克也在长岛湾那头，但比起费尔菲尔德，霍斯内克还要往南边走很远。我不知道她去那里干什么。“去看望你表亲吗？”

“我在那边可没有表亲。”

“那去干什么？”

“去看山姆。”她说。

我突然在路中间站住了。“山姆？他在霍斯内克吗？”

“我不应该告诉你的。因为你是亲英分子。而且他已经不在那里了，他们去了别的地方。”

我们不再肩并肩往前走了，而是面对面站在那里。我兴奋地问：“你怎么知道山姆在那里？”

“赫伦先生告诉我的。”

“赫伦先生？他怎么知道？他不是亲英分子吗？”

她皱了皱眉头。“这个我知道，但他说山姆跟一名军需官在那里寻找牛肉。”

这说不通啊。赫伦先生是一名亲英分子，他不应该知道美军的军需官在哪儿。我突然意识到我这是在浪费时间。“他现在在哪儿?”

“我不会告诉你的，你是亲英分子。”

“这不公平，贝琪。他是我的哥哥。”

“天哪，蒂米，你那天想开枪打他来着。”

我的脸红了。“山姆没事吧?”

“没事，他在打仗——我最好还是不要告诉你这个。”

“如果一件事本来就已经发生了，你完全可以告诉我，不是吗?”

“最好还是别说。”她说。

“听着,”我说，“我得走了。”

我们继续往前面走着。“你去哪儿，为什么走这么快?”她说。

“如果你什么都不告诉我，我也不会告诉你的。”我觉得这样回答挺聪明的，就跟山姆在辩论的时候讲到一个非常有力的观点一样。

“好吧，爱生气的家伙,”她说，“反正我知道你身上带着封情书想去送人。”

“你满脑子都是山姆，所以脑子里也只会想到情情爱爱的事。”我说，不过有件事情挺让我困惑的，“贝琪，为什么今天早上赫伦先生不告诉我山姆的事呢？”

“因为你是个亲英分子啊。”

“可他也是啊。”我说。

她站住了。“你今天早上去见赫伦先生干什么？”

我意识到我犯了个错误。“哦，我今天早上只是碰巧经过他家，他当时正好在而已。”

“在？在哪儿？”

“他站在院子里。”

“站在院子里干什么？”她问。

“我怎么知道他在干什么？”

“他不可能站在……对了，那封信。蒂米，你撒谎。那封信是他给你的。蒂米，你要把这封信带到哪里去？”

她很兴奋，在我面前不停蹦跶。“我得走了，贝琪。”

她跳到我前面。“哼，你别想走，除非你告诉我那封信的事。”

她的个头比我大，不过也大不了多少，我想我是个男孩，从她面前冲过去应该没什么问题，如果她想阻止我，我就跑。“这是一封私人信件，”我说，“我不能告诉你。”

“哦，得了吧，蒂米，”她冲我喊道，“把信给我。”

“不行。”我说，试图从她面前闪过去，但她再次跳到我面前。

“蒂米，”她尖叫道，“你知道信里写的什么？准是有关山姆的情报。”

听到这话，我吓了一大跳。“不可能。赫伦先生为什么要告发山姆?”

“不只是山姆。你就不明白吗?他发现山姆和军需官在买牛肉，现在他想把消息送给红制服，这样，那些英国兵就知道在哪里找到他们，把他们杀死，把牛肉偷了。快把信给我。”

她抓住我的衣领，但我往后一闪。“不要，贝琪。这是赫伦先生的信。”

“蒂米，你会让山姆送命的。到时候他们就会埋伏在那儿，把他们都杀了。”

“不可能，不可能。”我连忙说。

“是真的，蒂米，你想想啊。你千万别把这封信送出去。”

“我必须送出去。”我说。

她站在我面前，有点儿像在求饶。“蒂米，咱们还是把信打开看看吧。要是里面没什么要紧的东西，你只管送出去好了。”

“我不能拆信，贝琪。这是赫伦先生的信。要是把信拆了我说不定会蹲大牢呢。”

“蒂米，他们可是要去杀你哥哥。把信扔了，就说你把信丢了。”

我不知道该怎么做。我感觉很糟糕，既恶心，又害怕。我什么都没说。

“蒂米，把信给我。”

“贝琪……”

她突然跳向我，我完全没有料到她会抓住我。跟着，她跳到我身上，我向后倒去，她将我压在身下，想将手伸进我的衬衫里面。“该死的，贝琪。”我大声喊道，抓住她的头发，想把她往后拽，但她用力挣脱了。我的脚一阵乱踢，想把她踢痛，但她趴在我身边，不停地扭来扭去，我根本踢不到她。我使劲打她的后背，但被她压在身下，我也使不上多大力。“放开我，贝琪。”

“休想！除非我拿到信。”她说着，一把抓住我的衬衫，想把衣服扯开。我抓住她的手，虽然被她压在身下，可我使劲扭动着身体，想翻身上来。但她身体的重量全都压在我身上，还发出咕噜的声音。我只能使劲地往她脑袋两边扇。

“你这个小混蛋。”她大声骂道，松开揪着我衬衫的那只手，用力扇我耳光。我感到鼻子都麻了，觉得眼睛火烧火烫，眼泪都出来了。

“该死的。”我大声喊道。我拽开她那只抓着我衬衫的手，抓住她的肩膀，想把她从我身上推开。但她又提起我的衬衫，把信抢了过去，快要站了起来。我仍躺在地上，一脚朝她的脚踝踢去。这一脚踢得又准又狠，她踉踉跄跄，但并没有跌倒。等我站起来的时候，她已经拼命往费尔菲尔德路跑了，一边跑一边把信打开。我在后面紧紧追赶，后来她将信扔过肩头丢在马路上，在下一个转弯的地方消失了。我跑过去捡起信，那封信已经变得又皱又脏。上面只写着这样一行字：“如果收到这封信，我们就知道送信人是可靠的。”

第七章

·

1776年的夏天来去匆匆。那段时间，我一直想方设法躲着赫伦先生。如果我在小酒馆看见他了，就会跑出去清理牛棚，或者跑到林地里砍木头。但好几次他趁我不备的时候看见我了，我都来不及逃走。不过他只字未提信的事儿，只跟我打招呼，比如说“你好，蒂莫西”，或者说“今天天气不错，对吧，蒂莫西?”我就会说“是的，先生”或诸如此类的回答，然后尽可能快地逃之夭夭。我不知道他是怎么看待整件事情的，最后我自己都忘记了。

战争仍在进行。不过除了山姆不在家之外，大部分时间战争都跟我们无关。当然，食物还是短缺，还有些别的事情。一些手里仍然有枪的人没有弹药。布料和皮革也越来越少，因为大陆军需要这些物资做军服和鞋子。但谁也没有真正绝望。

有时候，民兵经过时我们才会想起正在发生战争。有时候我们可能会看到一名受伤的士兵，有时候可能发现一名士兵服役期满回到家里。但大部分时间，战争都离我们非常遥远。

我们一共收到过山姆的两封信，准确地说是母亲收到的。一封信是那年8月收到的，另一封信是9月份收到的。他在第一封信里说他在纽约打仗，叛军吃了败仗，英国人占领了城市。不过，山姆在信中的措辞让人感觉像是叛军取得了一场大胜。他说他的团漂亮地撤退了，英国人才幸免于难，但我总觉得不是这样。第二封信的内容不多，只是说他们在新泽西某个地方扎营，可能会在那里待到冬天。他说他在那里的日子非常难熬。很多时候都缺少给养，每天只能吃硬饼干和水。他们连件像样的衣服都没有。有些人没有鞋子，只能光着脚。碰上天冷的时候，他们只能用衣服包着脚，怕被冻坏了。我想这样也没什么风光的吧，但山姆说他们的情绪非常高涨。

父母还为两封信吵了一架。收到第一封信的时候，母亲决定回信。父亲不肯，说她不能鼓励山姆这样不听话。母亲跟他吵了起来，但父亲还是不愿屈服，说什么这么做是要告诉山姆我们一直都不支持他，这样他可能就会回心转意了。但收到第二封信的时候，母亲死活都要回信，他们为这事吵架的时候我应该在睡觉。我一直希望母亲能赢。

想到山姆写信给我们都没人回信，我很伤心。不过我猜想贝琪·里德可能会回信。但父亲却不这么想。“男孩子应该吸取教训，他太顽固了。”

“他已经不是孩子了。”母亲说。

“他才十六岁，就是个孩子，苏珊娜。”

“他已经十七岁了，莱夫。你多大离开家的？”

“那不一样。”父亲咆哮道，“别忘了，家里有八口人，有太多人要养活。”

“可是你当年离开家的时候也只有十六岁，莱夫。”

“山姆太顽固了。”

“你难道不是吗？”

“我是他父亲，用不着别人来质疑我的行为。”

母亲笑了笑。“你最不喜欢别人在你面前指手画脚，却想将山姆指挥得团团转，我一定要写信给他，莱夫。他肯定担心我们是不是有事。”

“我不想你写信，苏珊娜。”

“这我知道，莱夫。但这封信我写定了。”

我听见父亲抱怨了几声，然后重重地关上了门，跺着脚去了牛棚。我在黑暗的阁楼里鼓起了掌，山姆终于能收到回信了，这让我很高兴。

但是，到了1776年秋天，我就没多少时间去想山姆或者赫伦先生的事儿了。父亲计划照例去弗普朗克角，今年是我第一次跟他一起去。我们这里到弗普朗克角差不多有四十英里的路程。我这辈子都没去过这么远的地方。以前是山姆和父亲一起去，山姆去念大学后，父亲会找汤姆·瓦拉普。但汤姆现在太忙了，所以这次父亲不得不带上我。

弗普朗克角在哈得孙河上，在一个叫皮克斯基尔的小镇的南边。从纽约和奥尔巴尼来的船都会停留在那里进行交易。我们去弗普朗克角是卖牛，再用卖牛的钱买酒馆和商店需要的物资，比如朗姆酒、布料、坛坛罐罐以及针线等东西。贸易商会从纽约带来这些东西，卖给沿岸镇子里的商人，比如弗普朗克角的人。当然，商人也会把牛运到急需牛肉的纽约去。

10 月份，父亲开始收集牛。有的牛是从农夫那里收来的，那些农夫每年都会拿牛抵债。而有的则是他直接买的，因为他知道再把牛卖出去有利可图。我们把牛赶到弗普朗克角要三天，回来也要三天。骑马去的话一天就行了，但我们不仅赶着牛，还带了牛车。去的时候还会在车上装几头猪，回来的时候还要携带我们购买的东西。

一路上，我们停留的地方都有父亲认识的熟人。我们会跟我素未谋面的一些表亲度过一个晚上。父亲总是会在相同的地方停留，他们每年也都会等他，这是分享家族事务消息的好机会。

我们计划在 11 月末上路，在年末的时候出发是最合适的，因为越到冬天，牛肉就越稀缺，转手就能卖个好价钱了。但如果等得太久，可能会下雪，到时候我们就有麻烦了。大多数时候，要是地上有雪，行路反而会更加容易。你可以将马拴在雪橇上在坚实的雪地上滑行。但赶着牛在雪地上走就很难，而且牛也没地方吃草。11 月初的时候，父亲便一直盯着天气，他还翻看了年历，一般来说，参考年历都会说不适宜出行。他还问了几个农夫，这些人对什么时候下雪都判断得比较准确。但这些农夫的判断跟年历上差不多，到了最后，父亲每天都会出门，不下十次皱着眉头看着天空，他想赌一把。

事实上，父亲并不是真的想带我去。“我觉得你还太小，还不会赶牛车。”他告诉我。

“我知道怎么赶牛车，父亲。我赶过好多次了呢。”

“你在这里是赶过。可现在还有三十头牛要照顾，这活儿你可没干过。而且那边的林子里全是牛仔。他们声称自己是爱国者，要为军队采集牛肉，其实就是小偷。而且我们现在也没有枪了。”

关于那些自称牛仔的小偷，父亲说得没错。我们从别的旅客那里听说过好多这样的故事。韦斯切斯特郡的整个那部分，也就是从康涅狄格殖民地的边境到哈得孙河这一片可以说是无人地带，只有一些声称遭受战争迫害的无家可归者和劫匪。“我很勇敢的，父亲。”我说。

他摇了摇头。“我不想带你去，蒂米，但我没办法。没别的人了。”

这正合我意。要是成天在酒馆周围闲逛那多没意思，不是生火就是砍柴，要不就是打扫卫生，照顾小鸡和老布鲁，还有喂猪这样的活儿。但要是跟父亲一起去的话，那带劲儿的事情就多了：跟我那些表亲见见面，看看哈得孙河，据说那条河有一英里宽呢，看船儿在河里游来游去。而且我好几天都不用上学了。

父亲继续收集牛，看天气情况。11 月 20 日那天，他看完天气后说："这几天都是阴天，而且天气会越来越冷。就这一两天出发吧。"

父亲判断得没错。两天后我们出发了，地上大概有半英寸厚的雪，是前一天晚上下的。太阳出来，雪就融化了，路上有不少泥巴，牛踩过后，路上更是泥泞。我跟着领头的牛车，要是牛的速度慢下来，我就赶着快点儿走。车里装了四头猪，它们的腿都绑在一起。那几头猪老是想出来，我必须确保不让它们跑掉。父亲骑在我们家的马格雷身上，赶着后面的牛跟上队伍。我们走得很慢。除了看看四周的山丘和田野，也没多少事儿做。我们每次经过一幢房子，特别是有人居住的房舍，都激动不已。有两次我们经过的时候，还有小孩透过窗户往外面看。看到他们还是小孩，而我却感觉自己像个大人了，就挺自豪的。我对着牛大声吆喝着，用棍子鞭打它们的屁股，就想炫耀，瞧我赶牛赶得多熟练，早就习惯了这样的活计。

父亲计划经雷丁里奇去丹伯里，然后再稍稍往南，经过里奇伯里，穿过边境进入纽约，我们会在北塞伦跟我的那些表亲过夜。第二天晚上则会跟父亲的朋友在他们邻近金桥的农场过夜。其实这并不是去弗普朗克角最近的路，但父亲这么走，就是想经过表亲的地盘。

我们大约在吃午饭的时候到达里奇伯里，我们并没有停下来吃饭，而是一边走一边吃了些饼干，喝了些啤酒。我们甚至都不能正儿八经地说话。牛一路走，一路发出“哞哞”的叫声，动静特别大，我们只能扯着嗓子喊，对方才能听得见。所以，一群骑马的人翻过一座小山丘来到我们前面时，我们才看到他们，先前一直没听到动静。

他们一共六个人，全都携带武器，多是那种老式的毛瑟枪，但也有一两个人拿着剑和手枪。他们都穿着普通的衣服，棕色的上衣和裤子，靴子上全是泥巴。他们朝我们走过来的时候，我赶紧把牛往路边赶，好让他们过去。可他们并没有过去，而是直接朝我们冲了过来，将我们围住，勒马停了下来。我知道他们是牛仔，连忙拉住牛车那根长长的制动杆，将牛喝住。牛停了下来，不再往前走了，开始漫无目的地打着转。我转头望着父亲。

他骑在位于牛群之中的马上。“什么情况?”他说。

有个牛仔骑马从牛群中走了过去，走到父亲跟前说：“你叫什么名字?”

“这关你什么事?”父亲说。我真希望他不要跟这人吵起来。我很害怕。

“这是政府的要求。”牛仔说。

“是吗?”父亲说。

“回答问题，否则我们把你和这个男孩吊死在最近的树上。”

“我叫米克。”父亲说。

“从哪里来?”

“雷丁镇。”

“雷丁镇?”坐在马鞍上的那人转身，朝泥泞的地上吐了一口痰。“那是亲英分子的地盘,”他说，“我想这些牛怕是要进红外套英国兵的肚子了吧。”

父亲耸耸肩。“进谁的肚子里我不知道，也管不着。我在弗普朗克角卖了十年的牛肉，从来没问过谁会吃。”

“现在可不是以前了，米克。我们想知道谁吃了牛肉，我们可不想把牛肉留给红外套英国兵。弗普朗克角的牛肉只会被运往一个地方，那就是纽约。纽约现在是英国军队的地盘。”

我吓坏了。那人看起来凶巴巴的。

父亲耸耸肩。“我把牛卖给别人后，才不管他拿那头牛去干什么呢。这是他的事。”

“所以关键才在于不要把牛卖给不该卖给的人，不是吗?”

“我也没办法告诉……”

“下马，你这个亲英分子。”

“我可不喜欢你管我叫亲英分子。”父亲冷静地说。

“别说了，父亲。”我说。

“妈的，”那个牛仔说，“你不想下马也行，看我们不把你打下来。”他从皮带里掏出一把手枪，骑着马朝父亲走了几步，现在他跟父亲近在咫尺。

“父亲。”我喊道。

他一脸苦相，摇摇头，下了马。

“这不就好了。”那人说，“现在你跟这小孩走到田中间去，坐在那里。”

我看着父亲。“照他说的做，蒂米，去那边。”

“你不来吗？”

“快去，蒂米。”

现在，牛走得到处都是，有的到了牛车的前面，有的被挤到马路边的牧场里寻找草料。我从几头牛之间走了过去，小跑着来到田中央，坐在离父亲大约五十码的地方。我知道父亲想说服他们别把牛牵走。要是我们没了牛，那可就有大麻烦了，那样我们就没办法买到朗姆酒以及经营商店和酒馆的必需品了。

我看到他正做着手势，指指路那边，又指指我，像在对他们解释什么。我在想，不知道他怕不怕。他在那些牛仔面前似乎出奇地冷静，但我想他内心肯定非常害怕，我知道我就很害怕。

然后我看到那个一直在说话的人从马上弯下腰来，用什么东西——我想应该是手枪的枪管——砸了一下父亲。父亲举手抱着头，那人又打了一下，父亲随即不见了。他钻进了牛群里，我看不见他了。跟着我跳起来，但父亲没有起身，我还是看不见他。“父亲。”我喊道。那些牛仔转身看着我。“求求你们了，”我大声喊道，“不要再打他了。”

那些人背过身去，我看不到他们的脸了。那个打父亲的人下了马，站在马的旁边，盯着地面。我知道他在找父亲。他仍然拿着手枪。“求你不要开枪打他，”我大声喊道，“求求你了。”

这次他们甚至没转身看我。那个站在地上的人一直挥舞着手枪，好像在说话，但我听不见他在说什么。我站在田野中间，试图想办法。也许我能跑过田野，找个农舍，找人来救父亲，但是，如果那些牛仔看到我跑了，在开阔的田野里很容易把我抓住，随便就可以将我踩在脚下了。我不知道自己是不是够勇敢，能够把握机会。那些牛仔仍在找父亲。我转身在田野里飞奔。我听见后面有人在大声喊，接着我听见马儿疾驰的声音，我转身一看。那些牛仔朝他们来时的方向飞奔而去，将牛和牛车留在了田野中央。我仔细看了看，另一队骑马的人正从相反的方向朝路上冲过来，他们骑得很快，等来到拥挤的牛群跟前，他们猛地勒住了缰绳。然后大部分人都冲进牛群，继续去追那些人，只有两个人落在后面。看见父亲站了起来，我也往回跑过马路，往田野这头跑过来。

刚来的那群人下了马，等我跑到父亲身边时，他们已经扶着他来到路边。我跑了上去。“别担心，蒂米，”他说，“我没事儿。”

他的头上有道很深的伤口，一直在流血，眼睛上方还有一道更小的伤口。他的眼睛都肿了，第二天肯定会变得淤青。他坐在地上，有个人从一只皮水壶里倒水帮他清理头上的伤口，还用手绢帮他包扎好了。

“这些人是什么人啊？”父亲问，“牛仔吗？”

“叫偷牛贼更合适。我们收到情报说他们今早骑马出去了，我们找了他们一整天。我想你是保王派的吧？”

“我只对谋生感兴趣，不关心打仗的事，”父亲说，“我和儿子只是想去弗普朗克角卖牛，我每年都去那里。”

“弗普朗克角？”那人咧嘴笑道，“那就是去纽约咯。到时候就能在纽约看到这些牛了。那里还有很多人效忠国王陛下。”

他们果然是往纽约去的。等到其他人没再追赶，回来后，他们骑着马跟我们同往纽约方向走去。后来，我们又等了等，他们让另一队人陪着我们走了很长一段路，然后进了纽约。除了康涅狄格，这是我第一次进入别的殖民地。不过，纽约挺让我失望的，跟别的地方没什么两样。反正我没察觉出有别的不同。虽然是在异域他乡，但我感觉就跟在家里一样。

第八章

我在北塞伦的表亲住在用护墙板装饰的农舍里，农舍位于里奇菲尔德路边上。他们姓普莱特，人还不少，四个女孩，两个男孩，还有他们的父母、婶婶什么的，都住在一起。房子对他们来说不是特别宽敞。四个女孩跟她们的婶婶住在一间房里，三个女孩睡在一张床上，最大的女孩跟婶婶睡在另一张床上。除非碰上最冷的天，两个男孩都还会睡在牛棚里，要是冷天，他们会在厨房的壁炉前面弄个简易的小床。看到他们都挤成这样了，我觉得自己没在农场长大是件多么幸运的事儿，我跟山姆在酒馆有足够的房间。

我们是在天黑后到达那里的。他们用面包和炖菜招待我和父亲，然后全都挤在厨房里说话。看起来他们好像迫不及待地想跟父亲聊天似的。他们一年没见父亲了，什么情况都想问问，比如母亲怎么样了，雷丁镇的战况如何，山姆去哪儿了，等等。他们对我也挺好奇的，他们先前只听说我已经十二岁了，现在总算见到了我本人。而我之前也只是听说他们的情况，现在亲眼见到他们觉得挺有意思的。

我有些害羞，但他们并没有这样的感觉，因为这是在他们的家里。他们问了我很多问题，最后普莱特先生叫他们全都安静下来，这样他和父亲才能说会儿话。父亲将路上发生的那件恐怖的事情告诉了他们。

普莱特先生只是点点头。他又高又瘦，衣服松松垮垮地搭在身上。“那些家伙自称爱国者，说是只想阻止人们把牛肉卖给英国人，但我压根儿就不信。要是没人买牛肉，他们就会据为己有，自己卖给英国人。他们只是一群偷牛贼。”他很生气，“简直无法无天，人与人之间连起码的规矩都没有了，每个人都拿着枪对付自己的邻居。”

“雷丁镇还是有法律和秩序的。”父亲说。

“这里也应该有才对，韦斯切斯特郡就有很多保王派，但情况失控。叛军和亲英派简直就是水火不容。”

热腾腾的食物下肚后，烤着熊熊大火，我眼皮就开始打架了。我知道我应该上床睡觉，因为明天也不好熬，但我不想错过他们的谈话。

“我们雷丁镇还没到这一步，这倒挺让人庆幸的。”父亲说。

“你们很幸运。这里的人折腾得够呛。房子被烧了，家禽也都被杀光了。两边都在祸害对方，一边把房子烧了，另一边肯定报复。说不定马上就会绞死人了。我跟你说，这绝对是真的，莱夫。”

“那陪我们到这儿的人属于哪一派的？”

“安全委员会的人。我们这里必须有人维持治安，他们是专管这一块的。你们很幸运，沿途有人看见你们路过，就知道会有麻烦。这一路到哈得孙河肯定有麻烦。”

父亲摇了摇头。“要是明年没有全副武装的护卫队陪同我们，我想我应该不会来这儿了。”

“这话说得没错，莱夫。”

我的眼皮又闭上了，但我努力睁开，接下来我只知道父亲在摇晃我的身体，一边摇一边说：“走吧，蒂米，该睡觉了。”

我的表哥以西结带我去了牛棚。他只比我大一点点。不过他跟他父亲一样又高又瘦，长着红色的头发。我们爬上阁楼，在毯子底下塞上干草，铺成简易的床，很快就安顿好了。以西结对我很好奇，想跟我聊聊。“那些家伙过来的时候你害怕吗？”

我不想承认其实我怕得要命，但我又不想撒谎。“有点儿吧，”我说，“你遇见过这种事儿吗？”

“我们还没遇到过任何麻烦，但父亲说那只是因为我们从来不卷入是非。虽然是保王派，但我不会主动惹麻烦。”

他说。

“你是保王派吗?”我问。

“当然啦，你不是吗?”

“我想是吧，”我说，“只不过有时候我不大肯定。山姆参加了叛军，你知道吗?”

“我们听说过了，”以西结说道，“父亲肺都要气炸了。他以前说山姆这小子很聪明，不会被煽动性的言论愚弄。”

“我父亲说山姆参加了叛军，就算不上聪明人了。到时候战争结束了，那些人很可能都会被绞死。”

“也许他们会赢得战争的胜利呢?”我说。

“不可能。他们怎么可能打败整个英军? 到时候被处死那也是罪有应得，因为他们是叛军。”

“我不知道，”我说，“山姆跟我解释过，听起来好像成为叛军也没什么不对。父亲也解释过，我听着觉得成为保王派也没错。不过，我觉得父亲并不在意对错，所以我也不知道真相到底是什么。父亲只是单纯地反对战争。”

我们良久没有说话。“如果你想参军，会为哪边战斗呢?”

“我想是保王派吧。”但说实在的，我也不大清楚。假如有一天我们真的要去打仗，要是突然发现枪口对准了山姆该怎么办?

我们在太阳出来之前就醒了，把牛套在牛车上，赶着牛群离开了普莱特家的牧场——昨晚，它们都在牧场里过夜——再次上路，朝哈得孙河上的皮克斯基尔出发了。到了那里后，我们会往南走，沿哈得孙河大约走五英里，就能到达弗普朗克角。从北塞伦到皮克斯基尔大约有二十英里。到达下一站之前有十五英里的路，我们得走上一整天才行。下一站在莫希干南边，父亲在那里有朋友。我们应该再找一队人护送，我希望能尽快找到，我可不喜欢在没人护送的情况下穿越这个地界，所以我一直都在寻找骑着马飞驰而过的人。

到达珀迪站的时候我们才有护卫队陪同。他们陪我们走了大约十英里，又由另一队接管。晚上，我们跟父亲的朋友一起过夜，牛则安置在他们的牧场里。早上，另一支护卫队送我们去了皮克斯基尔。那个镇子很大，有好几百人住在那儿。镇子位于哈得孙河的边上，我们翻过小山进入镇里，突然看见了水。我简直不敢相信自己的眼睛，那绝对是我见过的最大的河。河对岸是漂亮的山丘，有的山丘多是崎岖的岩石，垂至河边，真是美不胜收。“父亲，那条河好大。”我说。

他咯咯地笑起来。“这没什么，蒂米，等我们到了弗普朗克角，就能看到一条三英里宽的河。”

护卫队在皮克斯基尔撇下了我们。我们沿着河岸的马路一直走。哦，我简直太激动了。河面有各种各样的船来来往往，有的停在岸边。河堤上零星分布着一些码头，码头上绑着一些小艇。一些男人和男孩在码头上钓鱼，有时候我们看到人们在船上撒网。这些看起来挺有趣的，比在酒馆里做侍应可有意思多了。

“我希望我们能住在这里，父亲。”我说。

他耸耸肩。“如果愿望都能实现，乞丐早就发财了。”

“但我还是希望住在这里。”我说。

“哦，这条河确实很漂亮，”他说，“但捕鱼可不那么容易，有时间的话你试着将渔网从河底拉上来就明白了。”

“这些人都是保王派吗？”

“什么人都有吧。在哈得孙沿岸定居的大部分都是荷兰人，现在仍然有很多人住在这里，他们并不怎么关心英国的君主。”

我们临近傍晚的时候才到达弗普朗克角，那里呈楔形一直延伸至河面。父亲说得对，那条河很大。河对岸山坡上的房子几乎都看不清楚，看起来离我们好远。如同一个巨大的湖，里面有好多船。“他们把这里叫作哈弗斯特曼湾。”父亲告诉我。

弗普朗克角并不是十分陡峭，斜坡缓缓地延伸至水里，河面有个长长的码头，几艘船系在上面。陆地上有不少关着牛、羊和猪的畜栏，周围还有棚屋和房舍，都是在码头上工作和装运牲畜的工人住的地方。这些牲畜大部分都运往纽约。除了两万五千的常住人口，还有好几千英国兵驻扎在那儿，还有一些英国水手。牛肉有多少他们就要多少，所以价格一直居高不下。

父亲找到了博加德斯先生，父亲一般把牲畜卖给他。我们把牛赶进了牛棚，把那些可怜的猪解开，也赶进了猪圈里。父亲说："我去跟博加德斯先生谈会儿生意。你四下看看，别走远了。"

太阳下山的时候，冰冷的红霞洒在河对岸黑幽幽的山丘上。不用再担心那些动物的感觉真好。这会儿，我什么都不要担心，感觉棒极了。回去的时候只要守着车里满满当当的货物，所以也很容易。当然，那些牛仔可能还会给我们惹麻烦，但父亲似乎并不担心这个，所以我也没去想这个问题了，而是去码头看有什么新鲜事。这时，河水变成了黑色，渔船驶入了码头。他们系好船，船上的男人和男孩将一桶桶鱼抬到岸上。我现在总算明白了父亲说的话。他们一个个看起来筋疲力尽，身上又湿又冷，还被网兜上的泥巴弄得脏兮兮的。一个跟我年龄相仿的男孩下了船，呆呆地坐在码头上，蜷缩在外套下，累得都不想动了。

他们将鱼抬到码头附近的棚屋里，先把鱼洗干净。他们剖鱼的速度非常快，刷刷刷，一刀就把鱼头切下来，然后将鱼身剖成白花花的两半。有些鱼块头还真不小，他们管这种鱼叫鲟鱼。

最后我觉得有些冷了，便离开码头朝畜栏这边走来，在动物旁边感觉暖和一些。过了一会儿，父亲也来了。我们将牛系在牛栏旁边长有牧草的地方，然后去酒馆吃晚饭。父亲很开心。他的牛卖了个好价钱，而且要买回雷丁镇的大部分东西都已经谈好价钱了。车上装得蛮多的，两大桶朗姆酒，六麻袋盐，两桶糖浆，一大箱子茶叶，一麻袋咖啡豆，十二个铜壶，一些锡罐，一箱马裤，一些黄铜扣，钻头，刀子，锉刀，斧头，铁锹，还有几小盒胡椒粉，甜胡椒，肉桂，白砂糖等。

那晚我们睡在酒馆里。“我们本来应该睡在牛车里，那样省钱。”父亲说，“但我想睡在那里还是太冷了。”

第二天早晨，我们把所有的东西都搬上牛车，便出发了。父亲将马绑在牛车后面，跟在我旁边帮我赶牛。有人陪伴感觉挺好的。要跟哈得孙河说再见，我有些失落。我很喜欢待在这里，等我们到达皮克斯基尔的时候，我转头看着太阳照耀下波光粼粼的水面，直到我们翻过山头我才没再向那边回望了。

我们在父亲的朋友那里过夜，那个地方靠近莫希干。在日出时分我们就起床走了。天空乌云密布，如同一条大毯子悬挂在我们的头顶上。“马上就要下雪了。”父亲说。

“好冷啊。”我说。

“是啊，”他说，“晚上可能就要下雪了，希望我们在下雪之前赶到家里，我可不想赶着牛车，在一路湿滑的山丘上爬上爬下。”他摇摇头。“可现在我们有个大麻烦，蒂米。我不想走里奇伯里地区，在那里可能会撞见所谓的叛军。我想再往南边绕一绕，进入康涅狄格殖民地的威尔顿教区，再经乌帕瓦格进入雷丁镇，但这样的话，需要半天时间，现在眼瞅着就要下雪了，我不大肯定要不要冒这个险。”

想起那些牛仔，我浑身都觉得不自在。“你觉得那些家伙会在那里等着我们吗？”

父亲耸耸肩。“他们知道我们迟早要回去。莫希干的人听说诺菲尔德的一个牲畜贩子前两天在里奇伯里的路上中枪了，牛也被赶走了。”

“他死了吗？”

“这谁知道。不过，这样的消息也不一定准确。”他再次摇摇头，“我不知道，蒂米，如果下雪了，我们就应该从最近的路回去，但又不想从里奇伯里走。”

“要是真下雪了，也许那些牛仔不会出来打劫。”

“他们会出来的。”父亲说。

我没再说话了，无论是被抢劫还是穿过雪地都让人头疼。我们终于上路了。很多事情也由不得我们，大部分时间我都待在前面赶牛。有时父亲会跟我一同走路，但有时候他会骑在格雷身上，往前面骑行大约一英里的路。他没有告诉我他在干什么，但我知道，他在侦察有没有牛仔。

中午过后，终于开始下雪了。起初雪下得并不大，天空中飘飘洒洒地下着一些小雪花。“该死的，”父亲说，“哦，该死的。”

“也许会停呢。”我说。

“不会的，”他说，“我们算是赶上了。”

我们继续赶路。十分钟后便是漫天飞雪，鹅毛般的雪花静静地从天空飘下。不时刮起一股大风，雪花啪啪地砸在我们脸上，我们感觉越来越冷。“这雪下得真够大的。”父亲说。

“也许很快就会停的。”我说。

“恐怕不会，蒂米。”他皱了皱眉头，“我想我们最好还是冒险回里奇伯里得了。下这么大的雪，我想应该不会有多少人骑马出来了。”

到1点钟的时候，我们碰上了真正的大雪，大风卷起雪花直往我们的脸上撞。牛周身都变成了白色，身上湿漉漉的，不停地甩头想把雪抖落。我们低着头顶着寒风，这样雪就不会飘到我们的脸上了。我将手放在上衣里取暖。

3点钟左右，我们到达了一个三岔路口。“把牛吆喝住了。”父亲说。我朝牛挥了几鞭子，让牛停了下来。父亲站在牛车旁环顾了一下四周。现在，地上的雪有六英寸厚了，而且雪还在不停地下。“我们可以在这里转向去威尔顿教区。”他说，然后又摇了摇头，“一点儿希望都没有，蒂米。我们没办法整夜赶路，还得赶到北塞伦，在普莱特家才能歇息，然后再冒险去里奇伯里。”

我感觉不是很好。我的手和脸都冻僵了，虽然穿着靴子，可是鞋都湿了，两只脚也冻僵了。但我还是忍不住想起那些牛仔。上次我们能摆脱他们只是运气好罢了。我们逃走了，他们肯定都气坏了，下次可能会变本加厉地对付我们。“我们可以再找队人护送我们去里奇伯里吗，父亲？”

“我不知道，”他说，“到了普莱特家之后再问问吧。”

但我们好像永远到不了目的地似的。牛在呼啸的大雪中嗷嗷直叫，这些家伙只想转身，背对漫天风雪，我和父亲不得不跟在牛的两侧，这样它们才能往前走。牛不停地眨眼睛，晃动硕大的脑袋，放肆地叫着。但在漫天飞舞的大雪中，含糊不清的牛叫声听起来有些奇怪。在这样的大雪中赶牛让人筋疲力尽。有好几次牛群都停了下来，低着头，站在那里，在雪花中眨着眼睛。我们又是鞭打，又是吆喝，足足花了五分钟时间才让牛继续上路。但雪好像没完没了似的，因为四周全是雪花，我都分不清哪是哪儿了，无论往哪个方向瞧，都只能看见二十码远的地方，这样的距离只能让我们看清我们是不是正经过一个林地，或者判断某幢房子是不是在马路边上，仅此而已。不过，父亲却总是能判断出我们在什么地方。“加油，蒂米，”他说，“离格林的酒馆只有一英里了，到了那里后就只有三英里的路要赶了。”

“咱们能在酒馆里暖和暖和身子吗？”

“越少人知道我们的去向越好。”他说。我将头埋在胸前，迈着沉重的脚步继续赶路。

天色渐晚，牛叫得更凶了，我们已经比原定计划晚了两个小时。现在，雪差不多有一英尺厚了，牛在山丘上几乎没办法行走，每次牛蹄子撞到冰块或者踩入雪地下面看不见的洞里就会打滑。夜色渐浓，我们像被吞没其中。我在牛前面走了两码远，想找出路在哪里。父亲一个人在后面吃力地赶牛。除了父亲不时会骂几声之外，我们已经不再说话了。现在都很难找到路了。我回头看了看，只能隐约看到牛群和牛车黑乎乎的轮廓，父亲站在牛头旁边，奋力赶着牛往前走。之前他说：“到了这个十字路口，就只有两英里远了，蒂米。”可这两英里路像是永远都走不到尽头。

我们终于看到光了，跟着又看到从窗户射出的光照在雪地上。我们赶着牛车过了大门，进入牛棚。牛群欢快地叫唤着。父亲进入房子，告诉普莱特我们来了。我解开拴牛的绳子，给它们喂了点干草，也进入了房子。厨房的壁炉里烧着大火，玉米饼和滚热的肉汁发出阵阵香味。我的那些表亲都围了过来，帮我把衣服脱了。我脱得一丝不挂，哪里还顾得上女孩子在一旁看着。他们给我拿了一条毯子让我把自己裹起来。我终于可以坐在火边，吃上一盘盘热乎乎的玉米饼、豆子和肉汁了。我咧开嘴笑了起来，待在暖暖的房子里，也不用担心安全问题，这种感觉真好。那晚，我跟表亲都睡在厨房的壁炉旁边。

第九章

第二天早晨，我醒过来，雪停了，太阳高高地挂在空中，还有细细的水流从屋顶滴落下来。景色太美了——所有的一切都被埋在一英尺厚的积雪中，阳光照射在田野上，看起来明晃晃的。但即便景色如此美丽，我也不喜欢。赶牛车在一英尺厚的积雪中回雷丁可是件很辛苦的活儿。我的双脚很快就会被浸透，整天都会觉得潮湿冰冷。等到天气变暖，雪化了，地面再被牛一踩，我们就只能在雪和泥巴中跋涉，每走一步脚底都会打滑。普莱特太太为我们做了饼干和肉汁当早餐。我们和大家告别，之后套好牛车，出了场院，来到公路上。“会不会有护卫和我们一起上路？”我问父亲。

“不知道。”他说，“普莱特昨天晚上骑马出去，就是为了找护卫，不过下了这么大的雪，他们大概不愿意骑马。但事情也有两面——突袭者可能也不愿意骑马出来。你赶牛车，我骑马去前面看看。”

我们是这样往前走的。父亲骑马先走一两英里，再骑回来看我怎么样；跟着他又会骑马先走。这样一来，如果他碰到牛仔，就可以飞奔回来找我，我们一块儿找地方躲起来。“要是你听到我大喊，就抓紧时间，跑到你能看到的最近的树林里。积雪这么厚，他们不会骑马进树林的。”

这个计划只有一个问题，那就是道路附近通常都没有树林。大部分农夫都把家附近的树砍光了，只有腹地才有树林。不过偶尔还能看到一片片林地，因此，我一边赶着牛车在积雪中前行，一边注意周围的树林，方便在有情况时逃走。不过要在这么厚的积雪里逃走，可不是件易事。

然而，我唯一能做的就是往前走。相比前一天，牛这会儿倒是愿意往前走了。毕竟天气变暖了，没有雪吹到它们的脸上。但它们一直打滑，在山地上尤其如此，我只好又拉又拽，才能赶着它们往前走。

大部分时候我都是一个人，父亲在前面我看不到的地方。格雷在雪地里几乎发不出任何声音，所以我听不到它过来。每隔一段时间，父亲便会突然悄无声息地骑马来到我的视野范围内。他会对我挥挥手，我也向他挥挥手，让他知道一切都好，然后他就会再次骑走。

我不喜欢一个人待着。万一牛仔突然从我们后面冒出来怎么办？要是他们藏在路边的房子或牛棚里，该怎么办？到时候，我还来不及跑，他们就会抓住我。所以我一边赶着牲口往前走，一边左瞧右看，还回头看，想要看清楚角落里和林子里的情况。每隔五分钟，我就想象自己听到了马奔跑的声音，跳起来准备逃跑。可等我抬头一看，却什么都看不到，眼前只有空荡荡的白色平原和山川。

到了午饭时间，父亲回来了。我们坐在车上，喝了啤酒，吃了几块饼干。“再走大约两英里就到里奇伯里了。”他说，“我先骑马去，折回来之后咱们就一块走。过了那个地方，我们就能松口气了。”但随后他又摇摇头。“我们还要继续往前走，赶快把事情做妥当，蒂米。”他说，“打起精神来，很快就结束了。”

我们穿过里奇伯里。有些人走出牛棚大门，看着我们经过。我估摸他们都觉得我们是怪人，才会在雪地里赶车。父亲的表情十分严肃。“要是以前人们不知道我们来过这里，现在他们可是知道了。”他说。然后，我们出了村子，他再次骑马到前面去侦察。

我的鞋子都湿透了，双脚很冷，我还很饿——做赶牛这样的力气活，饼干和啤酒压根儿就填不饱肚子。为了不要老去想这些麻烦事，我开始说每个国家的名字，我以前在地理课上学过，所以我该知道。英国、法国、瑞典、俄国，这些都很简单。还有些小国的名字很难记，比如黑森、托斯卡纳和皮埃蒙特。我琢磨了半天是不是该把美利坚算作国家。如果叛军赢得了这场战争，那我们就是一个国家了；但父亲坚信他们一定会输，于是我决定不把美利坚算作国家。还有一个问题，那就是我记不住我说过了哪几个国家。说了二十来个国家的名字之后，我有时就会忘记是不是说过塞尔维亚或印度，只得重新开始说。就在我琢磨着有没有说过阿拉伯的时候，我忽然想到，我很久没看到父亲了。

想到这里，我不禁大吃一惊。自从父亲上一次骑马无声无息地回来，已经过了多久了？我想不起来了。起码有半个钟头了，也许是一个小时。我跳上牛车，回头眺望整个白雪覆盖的乡间，希望能感觉出从我上次看到他后我走了多远。触目都是白色，能看到几片树林，几座农舍，牛车留下的泥泞黑色痕迹在雪地里蜿蜒延伸。我上次看到父亲是在哪里呢？我想不起来了。

也许我搞错了。也许只是显得过了很久而已。兴许我只顾着说那些国家的名字，便产生了奇怪的时间感。

但是我不相信。从我能看到的山丘到这里，我们走了很长一段路，足有几英里了。这会儿，我真的很担心。当然有很多种简单的解释。父亲可能碰到了熟人，正在聊天。他可能去某个地方找护卫了。更有可能去了某个农舍，给我们找点热腾腾的食物。有很多种可能，但我知道这些情况的可能性很低。要是他准备留下我一个人很久，他一定会提前告诉我一声。他绝不会丢下我一个人这么久，他绝不会这么做。

那是怎么回事呢？也许是格雷出了问题。它极有可能在雪地里滑倒，受了伤。父亲也可能因此受了伤。他可能扭伤了脚踝，甚至摔断了腿。不管怎么样，重要的是我得快点赶上他。我用树枝抽打牛的臀部。它们发出咕噜咕噜的声音，抖动脑袋，微微加快了步伐，不过五分钟之后，它们就慢了下来。我又抽打它们，这次更用劲儿了。它们是快了点，却只坚持了一两分钟。因为积雪，它们根本走不了太快，而且，就算能走得快，它们也不走。毕竟它们不是马，只是牛，天生就走不快。

这样一来，我更担心了。要是格雷滑倒了，父亲就可能受重伤。他可能流血了，也可能在雪地里昏了过去。而且，说句实话，没有他，我很害怕，也很孤独。我想要找到他。于是我把牛赶到路边，踢开积雪，露出下面的野草，让它们去吃，然后一个人尽可能快地深一脚浅一脚向前赶去。

我很容易就能追踪到格雷的踪迹。除了父亲，这条路上没有别人。在雪中慢跑很费力，我浑身都是汗。跑上几分钟，我就要停下来休息一会儿，向前张望。若是赶上路边有石头或是很高的树桩，我就会跳上去往前看，但我只能看到马儿留下的痕迹延伸出去。

我又像这样向前走了大约十五分钟，走了将近一英里，也许更远，这时候我看到路左侧有一片铁杉树。树林后面的山腹上有一栋农舍。也许父亲去那里找吃的了。我琢磨着是不是要离开公路，穿过田野到那栋农舍里去打听一下，却还是决定跟着马的痕迹走。我继续跋涉，过了一会儿，来到了铁杉树最初与公路相交的地方，树林在雪地上投下了冰凉的阴影。这里的马蹄印清晰得如同印在书中的一样。路上的雪和淤泥混合在一起，上面还有几十个马蹄印。铁杉林里还有很多马蹄印，从我所站之处向前的路上又出现了三四匹马的马蹄印。看来是牛仔埋伏在铁杉林里，突袭了父亲，把他带去了某个地方。

我站在雪地中，努力思考，可我的大脑停止工作了。我能想到的就是父亲不见了。我开始默默地祈祷："求你了，上帝，求你了。"跟着，我忽然想到，那些牛仔八成还在附近，就躲在某个地方监视着我。我的脖子传来了一阵刺痛感，我猛地扭过头，眺望田野，又看看铁杉林里。连个人影都没有。四下里静悄悄的——没有马匹的声音，没有人的交谈声，什么声音都没有，只有微弱的风轻轻吹过铁杉林的树梢。

为什么他们没回来抢夺牛车？也许父亲骗过了他们。也许他们要先处置他，再来收拾我，把牛车抢走。我很想一直跑，一直跑，就这么跑回家。此处离家只有十二到十五英里。要是我跑快点，三个小时就能跑到。我吓坏了，这是实话。父亲不见了，甚至可能已经死了，只剩下我一个人，我觉得特别孤独，不管接下来要怎么办，我都得单枪匹马了。我太害怕了，甚至都哭不出来。我愣在那里，不能动弹，想不出下面该做些什么。

可最后我告诉自己不能再害怕下去，不能光是站在路中央傻愣着。我跳了好几下，拍拍手，让自己清醒过来。我略微醒过神来，开始思考。

我先是猫腰钻进铁杉林，藏起来，以防有人经过。跟着，我问自己，要是山姆碰上这种情况，会怎么做，毕竟他不光勇敢，还很聪明，总能把事情做对。山姆当然不会跑回家。他会做非常勇敢的事。最勇敢的选择就是沿踪迹去找父亲，把他救出来，雪地里痕迹清晰可见，所以追踪并不难。这的确是胆识不凡，但我没有枪，没有剑，只有一把刀和一根树枝。

我突然想到，就算去救父亲是很勇敢的行为，却不是最聪明的选择。我问了自己另一个问题：父亲会怎么做？答案很快就出现在我的脑海里：如果可以，他会赶着牛车，把货物送回家，好让商店和酒馆撑过整个冬天。我又想了想，觉得这是正确的答案。或许父亲能自己逃出来；过段时间，牛仔甚至会放他走。无论如何，他一定会指望我把牛车带回家——这一点是肯定的。

我快步离开铁杉林，慢跑着赶回牛车所在的地方。牛肯定不会走散。牛若是被套在沉重的车上，便不会到处游荡。唯一的风险就是有人经过，把牛偷走，或是把货物偷走。我尽可能快地赶回去，一路上还不忘留意是否有人活动的迹象。但我没看到人，过了几分钟，我回到了牛车处。没有丝毫异样。我抄起树枝，抽打牛屁股，它们起身，咕噜着往前走。

再也用不着留意牛仔的动静了。我很肯定，等到他们处置完了父亲，就一定会回来。而我必须想办法说服他们不要抓我，也不要动车上的货。我是可以跑进田野独自逃命，但关键的是要把牛车带回家，这样我们一整个冬天的生活才能有着落。

半个小时后，我来到铁杉林，来到他们抓走父亲的那个路段。我向前仔细观望，看是否有痕迹向路边延伸，若是有，牛仔就可能在那里伏击我。但我什么都没看到，所以继续往前走，琢磨着在牛仔来的时候该用什么说辞蒙混过关。

太阳开始在我身后落山了。很快，天就会黑下来。天越来越冷了，冷风呼呼刮着。不过我很高兴见到天黑了。我将路过很多房舍和小村庄，天黑了更安全。我打算连夜赶路，直接回家去。再说了，我也不知道该在什么地方停下来休息；父亲在沿路都有朋友，但他们对我而言只是陌生人而已。我接着想用来对付牛仔的说辞，过了一会儿，我想到了一个办法。

我继续往前走，每当牛慢下来，我就抽打它们。太阳在我身后落山了，只在天空里留下一抹红光，这红光随即也变黑了。我打了个寒战。我饿了。车上的袋子里有饼干和牛肉干，还有博加德斯先生送给父亲的一瓶红酒。红酒会让我暖和一点点。但我决定暂时不吃东西，也不喝酒。我知道，很快我就会陷入极度疲倦、寒冷和痛苦的境地，若是想着有食物可吃，有酒可喝，能叫我有个盼头。

就在我琢磨着喝下红酒是什么感觉的时候，我看到了牛仔。他们就坐在马背上，在我前面二十码远的路中央——三个黑影在黑夜中静止不动。看到这几个一动不动的人影，我吓了一大跳，差点儿拔腿就跑。可我没有。我只是抽打牛屁股，仿佛对于是谁站在路中央，我一点也不担心。一匹马跺了跺蹄子，马辔在夜色中发出叮当声。

我悄悄清清喉咙，以免声音显得很惊恐。跟着，我喊道："你们是护卫吗？见到你们真是太高兴了。"

一个人摘掉他手里提灯上的罩子。一圈朦胧的光射入黑暗中，我能看到一部分马的身体、人的脸孔、枪，还有被践踏得乱七八糟的雪地。"让你的牛停下。"举提灯的人喊道。

我让牛停下，向前走了几步。举提灯的人探身向前，用灯照我。"是个小男孩。"他说。

"是的，先生。"我说，"父亲说护卫很快就会来。刚才你们没来，我还担心会是牛仔先发现我呢。"

"我们不是——"其中一个人说。

"闭嘴，卡特。"打着提灯的人喝道，"过来，孩子。"

我又向前走了几步。这会儿提灯的灯光照着我的眼睛，我没法抬头看清他们的表情。我能看到的就是马腿和雪。那个男人的声音从刺眼的光芒之外传来。"你父亲说护卫——我们什么时候会来？"

“他觉得你们一个小时前就会来。所以我才这么担心。他告诉我不用害怕，可我就是忍不住。他说，要是有人开枪，我就趴在地上，那样我就不会有事了。”我顿了顿，“不过我还以为你们不止这几个人。我父亲说了，护卫至少有六个。他说，只要一开枪，我就要趴在地上不动。”

有那么一会儿，他们没说话，跟着，其中一个说：“我可不喜欢这样。听起来像是有人要伏击我们。”

举着提灯的男人微微转过脸，看着之前说话的那个人。“单是一个小孩子的故事，就把你吓得屁滚尿流了？”

“你说什么，先生？”我说。

“没什么，孩子。”

“你们有吃的吗，先生？”

“闭嘴，孩子。”

“我可不喜欢现在这情况。咱们还是走吧。”

那个人举起提灯，看着其他人。此时我能稍稍看清他们的脸了。他们看起来十分粗野——胡子拉碴，脏兮兮，带着剑和手枪，步枪塞在马鞍后面。“你们两个都被这个孩子的故事吓到了？”他吼道。

“我还是不喜欢。你怎么知道他说的就是故事？”

“别再婆婆妈妈了。”

“没那个必要去冒险，贾德森。我们还是走吧。”

“不值得冒险？牛车上的东西值一百英镑呀。”

“贾德森，偷朗姆酒会被绞死的。我可不想——”

就在此时，远处有一只狗开始吠叫，牛也哞哞叫了起来。

“见鬼。”他们中的一个喊道。

“是他们来了。”

“只是一只狗在叫而已。”贾德森大声说。

“我才不冒这个险呢。”他在雪地里调转马头，另一个人也是如此。

“你们两个真是废物。”贾德森说。可他们飞奔着离开了。他怒骂了一声，用罩子罩住提灯，跟着也调转马头，消失在了路上。

我站了一会儿，听着他们的马蹄声渐渐消失在积雪覆盖的路上，跟着我又是哭又是笑。我的手哆嗦得厉害，连树枝都掉在了地上，我的膝盖发软，连路都走不了。我感觉棒极了，因为我骗过了他们，到时候我一定要向山姆炫耀一番。只是其他方面都很糟糕——父亲失踪了，只剩我一个人在雪地里，天黑咕隆咚，还要走上好几个小时才能到家。

我爬上牛车，吃了饼干和牛肉干，喝了半瓶红酒。我觉得我有点喝醉了，因为我的一只脚总是在另一只脚前面。午夜时分，我终于回到了家。

第十章

父亲不在，感觉怪怪的。酒馆显得那么冰冷和空旷，当你在夜里醒来，意识到炉火已经熄灭，就会产生这种感觉。那个晚上，我将事情的始末讲给母亲听，她哭了，后来却一次都没哭过。她一直都相信他还活着。“他们没有理由杀他，蒂莫西。我看是他们把他关在某个地方了，过不了多久他们就会放了他。”只可惜一连很多天过去了，父亲并没有回家，所以，很快她就改变了说法。“他现在肯定在某个地方的监狱船上。”她说，“只要这场可怕的战争结束，他就会回家来了。”

我不晓得她说的这些话是她心里的真实想法，还是仅仅为了不让我觉得父亲已然不在人世了。现在，家里一半人都不在了，我们的生活变得和从前大不一样。所有活儿都落在了我和母亲的身上，也就是说，我们两个几乎没有了闲暇时间，就连周日也要忙个不停，而这是一宗罪。“上帝会宽恕我们的，蒂米。”母亲说，“别担心，对此我很肯定。”我并没有告诉她，其实我并不担心。

我担心的是工作。要做的事情太多了，要喂养布鲁、鸡和绵羊，到了春天，还要播种需要在酒馆出售的玉米和青菜，此外还要打扫和做饭。当然还要有人守着木桶塞子，给旅客打啤酒，端饭菜，还要为住店的客人铺床。来店里的人很多，有往来各处的信使，迁到其他城镇的人，还有军需官。就这样，生意表面看起来很正常，但实际上并非如此，因为很多人——因公出差的人——都用军需券付账，除非叛军能打赢，否则这些军需券就是白纸，分文不值。凭军需券很少能买到东西，人们大都不收，只有坚定的爱国者觉得应该收，借此表示他们对乔治·华盛顿和叛军政府的信任。

商店的生意也很好。食物短缺，其他东西也一样，我们把能得到的所有东西都拿来卖，衣服、农具、小麦、糖和朗姆酒。我们甚至做起了二手货生意。农夫什么都需要，铲子、锄头、蜡烛模具、搅拌器，等等。有时候，母亲听说有的女人在战争中死了丈夫，再也干不了农活。她们愿意把旧农具卖给我们，我们收购来转卖时也能卖个好价钱。

可即便如此，也于事无补。物价飞涨，军需券贬值得厉害，我们的利润无形中就减少了很多。以一先令的价格卖出一袋钉子，等再去进货的时候，就会发现价钱涨到了两先令。这样一来就亏大了。我们涨了钉子的价格，后来又弄到了一些，这时候价格又涨了，我们还是跟不上节奏。涨价当然是不对的。康涅狄格殖民地议会颁布过法律，对各种物品的价格都做了规定，但法律现在也没用了。如果你花两先令买了钉子，当然不可能以两先令的价格卖出去，所以到了这个时候，谁还会在乎法律怎么规定。我们就想到了一个打法律擦边球的做法，钉子或者别的货物卖两先令，再把装货物的袋子卖一先令。这样的行为有失诚信，可我们别无选择。我从早到晚忙碌着，却永远只能跟在别人屁股后面，搞得我心里很不是滋味。然而，对于这样的情况，我们什么都做不了，只能每天晚上祈祷战争赶快结束，父亲和山姆能回家来。

我们无数次尝试给山姆写信。母亲觉得，一旦山姆意识到，他那边的军队俘虏甚至杀死了他的父亲，他就会回家来，帮忙打理家里的事。“他现在应该厌倦了，不喜欢继续当小兵了。”母亲说，“我觉得那份荣耀感一定会渐渐消失的。”她和里德上校谈到了这件事。里德上校曾经是一个民兵团的指挥官，但他解甲归田了。他说这是因为他年纪大了，但所有人都知道这不过是个借口。他离职只是因为他反对这场战争，不想参与其中。他是个爱国者，却不认同这场战争。

他对我母亲说：“米克太太，就算你能劝说他回家来，他们可能也不会放他走。”

“这么做不应该吧？”

“当然，山姆可以说家里遇到了困难，父亲不见了，家里只有幼弟。可大家都认为米克先生是个亲英分子，这可不是什么好事。”

母亲说：“要是他还有脑子，就不会把这件事告诉他们的。对吧，里德上校？”

里德上校呵呵一笑。“我想他也不会，米克太太。”

但我并不如此肯定有人能让山姆改变心意。他打定主意要赢得战争，把英国人赶出美利坚，好让我们获得自由，每当山姆下定主意，就一定会坚持到底。别人都说他固执，但我并不这样认为。当然了，我到现在也没弄清楚他到底是为什么而战。我一向都觉得我们很自由。英国政府做过什么对我不利的事情吗？我时常琢磨这件事，却没想出他们给我造成了什么严重的伤害。我们去教堂的时候，会为英国国王和英国议会祈祷，这很恼人，因为这样一来，祈祷时间就延长了。事实上，我们不应该再为了英国国王和英国议会祈祷了。康涅狄格殖民地议会宣布，为他们祈祷可是叛国罪。比奇先生都七十五岁了，却相当勇敢，照常为他们做祷告。好几次，叛军士兵冲进教堂，把他从布道坛上拖下来，推来搡去，但他不在乎。他还和平时一样，让我们为英国国王和英国议会祈祷。

然而，除了要多做祷告之外，我还真想不出英国国王强逼我做了什么我不愿意去做的事儿。只是山姆不这么认为，而且，就算他发现父亲不见了，我也不肯定他会回家来。要找到答案，只有一个办法，于是我们不断地想办法给他捎信去。我们拜托贝琪·里德，要是她能联系上他，就把父亲的事儿告诉他，只可惜对于山姆的下落，她知道的也不比我们多。

我们的生活里出了很多变化，而最大的变化是我的心态。自打我凭借一己之力把牛车弄回家，我就感觉自己不再是小孩子了。你肯定觉得这样的事不是一朝一夕发生的，可事实的确如此。当然，那天晚上我上床睡觉的时候，感觉自己就快累死了，第二天，母亲让我睡了个懒觉。醒来之后，我就变了。我是在吃早餐的时候第一次注意到这一点的。以前一般来说，我会坐在那里，一边吃粥，一边在心里抱怨杂活干起来没完没了，还要去上学，还会绞尽脑汁琢磨着如何偷懒。要不就是母亲一扭过头，我就用一根手指从罐子里挖出点糖浆，放到我的牛奶里搅拌。又或者，我吃起早餐来拖拖拉拉，好晚一点儿去干活儿。

然而，那次艰难回家之旅后的第二天早晨，从完成饭前祷告的那一刻开始，我就开始计划该做哪些事情——哪些事情要先完成，用什么方法来干最好。真有意思，我压根儿想都没想过要拖拉，或是躲避干活。我甚至都没等母亲给我派任务，就主动提到了这个话题。“我马上就去把车上的货卸下来。”我告诉她，“要是放在牛棚里，所有东西都会受潮。也许我可以找杰里·桑福德帮我把酒桶滚下来。”

母亲点点头。我估摸听到我这么说，她一定很吃惊，但她没有表现出来。“你需要一个比杰里强壮的帮手。兴许你可以雇山姆·史密斯的黑奴内德来。”

我们讨论了起来，早餐吃到一半的时候，我突然醒悟过来：我变了。我不再是从前的那个我了，我愈发像个大人了。你可能不会说我是个真真正正的成年人，但我也不再是孩子，这一点十分肯定。我想象着，等到山姆回到家，我一定要在他面前炫耀一番，我会说：“喂，山姆，我们决定今年不买燕麦了，要把仓库用来存放玉米。”或者：“现在厨房里的火不会整日都点着，因为我抽不出时间去劈柴。”一切都在我的掌控之下，他再也不是家里的顶梁柱了。

觉得自己长大了，开始这样做事情，感觉挺不错的。但尽管如此，我还是很想念父亲。特别是到了晚上，我又累又冷又饿，却还需要搬木头，清理牛棚，给布鲁挤奶，我就很为自己难过，盼着父亲能回来。我就会想象，只要我抬头看，就能看到他突然大步流星地走进牛棚前的空场地。于是我抬头看，却没有见到他。我站在那里，失望透顶，尽管我早就知道他不会出现。我开始恨叛军发起了这场战争，恨山姆跑去当兵，过着辉煌的人生，而我就得在家里累死累活地工作。这不公平。我气得直骂街，我才不在乎口吐恶言是不是一宗罪。

冬天来了又去，战争依然在远方如火如荼地进行着。

啊，战争的影响很实际——物价飙升，所有的东西都很短缺，某某人在远方的战斗中牺牲的消息满天飞。但你能想到的所有与战争有关的东西，比如战斗、炮火、行军的部队、死者、伤员，我们连个影儿都没见着，只有信使和军需官会到我们这里来。

转眼到了 1777 年的春天。我还在不停地忙碌着，只是不再劈柴、打扫牛棚或是为牲畜搬干草。我现在整天在我们房子边上的菜园里锄地种菜，这样就能为酒馆的客人们提供新鲜蔬菜了。4 月底（准确地说是 26 日），那是一个周六清晨，我正在种菜，听到远处传来低沉的轰鸣声。听来有点像是在打雷，却又不太像。我忽然感觉很不安。我把铁锹插进地里，走到牛棚前，抬头向路的那头看。声音像是从西南方的教堂后面传来的，但我什么都没看到。跟着，我看到了塞缪尔·史密斯的黑奴内德从路上走了过来。与此同时，隔壁的贝茨上尉也从他家里走了出来。贝茨上尉就是叛军中的一位民兵。“出什么事了，内德？”他喊道。

“是英国的军队，上尉。”内德大声说。他跑了过去。

贝茨上尉回头看屋内。“杰里，”他喊道，“快去，请罗杰斯先生来一趟。”杰里·桑福德飞快地跑出大门，从他身边跑过，向罗杰斯家跑去。贝茨上尉又在那儿站了一会儿，仔细听着。

“贝茨上尉，你觉得他们在干什么？”我喊道。

他的表情很严肃。“准没好事。他们有很多人。”

“民兵要去阻止他们吗?”

他沉下脸。“雷丁的爱国者加起来都不够拦住几头奔驰的牛。”说完他就回屋了。

我转身走进牛棚。母亲正在擦洗罐子。“英国的军队来了。”我告诉她，“你估摸他们会做什么?”

“喝霸王酒。”她说，“当兵的就是这副德行。快把上好的白镴容器搬到牛棚，藏在干草里。”

我照办。弄妥之后，我跑到牛棚前，看英国兵有没有过来。这会儿，我能看到教堂后面有尘土飘荡在半空中，慢慢地升起，飘浮着。那个声音越来越大。我仔细看，忽然之间，透过灌木篱墙间的缝隙，我看到有东西在动。片刻之后，先头部队绕过了弯道。有个小鼓手敲着鼓，走在最前面，后面跟着一个旗手，两个军官骑着马，剩下就是徒步行军的士兵。他们沿路向我走来。这场面真是太骇人了。他们不停地走呀走呀，仿佛这世上没什么可以阻拦他们。

这会儿，我看到了大炮，每门大炮都有十二英尺长，由两匹马拉着。我估计这就是我在书中看到的那种能发射六磅重炮弹的大炮。大炮后面的车里装满了盒子和袋子，里面装的大概是火药和炮弹。路上尘土飞扬，笼罩着所有东西，红色军装、大炮和军车仿佛都被刷上了一层灰棕色。他们从我家牛棚边经过，来到训练场地，跟着便解散了。罗杰斯先生和杰里·桑福德一前一后，飞快地跑了过来，进了贝茨上尉的家。但愿他们不会把民兵队组织起来，去跟英国人打。这根本是不可能的事儿——有好几百个英国兵在训练场上转来转去，甚至是几千人也说不定。

村里的大多数人都站在自家场院里，看着眼前的一幕。孩子们跑到通往训练场的路上，想要看个清楚，他们的母亲看到了，就把他们拉回家。训练场上的士兵都坐下吃早饭了，背包全丢在地上，每四五把步枪搭成整齐的锥形。我一直盼着军官能到酒馆来喝点朗姆酒或啤酒，来吃点东西也成。我就是想近距离观察他们一下，听听他们说话。啊，这些当兵的看起来特别神气，系着腰带和皮带扣，挎着火药筒和刺刀，这些东西全都垂在那身红色军装上。山姆那样的人怎么会自以为能打败他们呢？

只可惜那些军官没来酒馆，三四个军官骑马去了赫伦家。我看到赫伦先生打开门让他们进去。我猜赫伦先生早就知道他们要来了。兴许他为他们准备了一顿丰盛的早餐。一想到赫伦先生请英国军官喝朗姆酒，吃牛肉，而贝茨上尉和罗杰斯先生则在一百码外贝茨先生的家里，正琢磨着该怎么干掉他们，我就觉得特别有意思。

我一直看着。几个大一点的孩子从他们的母亲身边跑开，这会儿正站在训练场边上，瞧着当兵的。过了一会儿，孩子们大喊着问那些士兵问题，比如他们有没有杀过人，害不害怕叛军。士兵也和孩子们开玩笑。又过了一会儿，我也走过去，听他们都说了什么。

“你们要去什么地方？”我问一个英国兵。

"就算知道，也不会告诉你呀。"他的口音听起来怪怪的。

"那你们是从什么地方来的？"我问。

"那你是从什么地方来的，伙计？"

"就是那里。"我指指酒馆。

"我是从都柏林来的。"他说，"真盼着现在就能回去，在这个该死的地方行军，真他妈烦。"

"爱尔兰什么样？"

"哦，那里很美，到处都是绿色，天气凉爽，有时候会下雨。你们这些小孩子怎么不怕我们？"

"我们这里大多数人都是亲英派。"我突然意识到我自己也是个亲英派，而这都是父亲被抓的缘故。

"哦。"

我本来还可以和他多聊几句，这时候一个军官骑马过来，喊道："你们这帮该死的美洲佬小崽子，给我滚开，回家找妈妈去吧。"他用皮马鞭抽了一下那士兵的腿，我们全都撒腿跑开了。

我站在我家的院子里看着他们。那个军官对当兵的呼喝了几句。一阵急促的脚步声传来，八个士兵抄起枪，两两站在一起，跟着那位军官一起出发了。他调转马头，向我跑过来。我吓得连连后退，向酒馆大门跑去。他飞快地穿过我们的场院，进了贝茨先生的院子。他勒停马，下了几句命令。当兵的随即冲向贝茨先生家的门，用枪托把门砸开，鱼贯涌进屋内。五分钟后，他们推搡着贝茨上尉、罗杰斯先生、杰里·桑福德，走了出来。杰里面色惨白，他强忍着不哭，可泪水止不住地往下流，他不停地用袖子抹掉脸上的泪水。当兵的把他们三个推到路上，把他们的手绑在身后，推着他们从士兵中间穿过训练场。我现在总算明白过来了，军官去赫伦先生家到底是为了什么——哪里是去吃早餐的，而是为了探听出叛军的头头是谁。

这会儿，我母亲来到门口，站在我身边。“一帮畜生。”她说，“他们要把那个小家伙怎么样？他们以为他是个危险人物吗？”

“母亲，他们会怎么对付他们？”

“愿上帝保佑他们。”她说，“愿上帝保佑威廉·赫伦。”

“他们不会枪毙杰里吧？”

“战争把人变成了畜生。把一个男孩子枪毙要比把他养大省事多了。”

“我想他们不会这么干的，母亲。我想他们是不会枪毙杰里的。”说出来很不可思议，可我真的感觉浑身发冷。

她耸耸肩。“也许吧。只有上帝才知道答案。进屋吧，不然他们就该怀疑你了。天知道赫伦先生对他们讲了什么关于你哥哥的事儿。”

“我没事，母亲。”

“进屋来，蒂莫西。我已经失去两个亲人了，不想再失去一个。”

我乖乖地进了屋。各种奇异的感受在我心里沸腾着。英国兵刚来的时候，个个趾高气扬，神气活现，穿的衣服光鲜亮丽，我真的特别崇敬他们。可看到他们抓走了杰里·桑福德，我心里总感觉七上八下。我觉得他们不会枪毙他，估摸他们把他带走，只是因为他和贝茨上尉住在一起，在士兵冲进去的时候，他只是碰巧在场。可他们还是有可能开枪把他打死。他们兴许是要严刑拷打他，好从他嘴里挖出秘密——毕竟他和一个叛军头头住在一起，可能知道他们的计划，或是知道他们有没有收藏弹药。

我站在窗边向外瞧。母亲让我从窗边走开，去干活儿，但我没动弹。我依然站在窗边。大约半个小时后，军官跨上马，一边从士兵中间穿过，一边喊命令。没过几分钟，当兵的就在训练场集结起来，准备行军。就在他们准备好出发的时候，突然响起了骏马奔驰的声音。我立即冲到外面，正好看到一个人骑马从坡道上过来，他来的方向是丹伯里。他穿着便服，估摸是叛军的信使。他看到英国军队正在训练场上集结，连忙勒住马，调转方向。他猫下腰，用穿着靴子的脚一夹马肚子，向来时的方向狂奔。英国兵中一阵骚动，很快就枪声四起。那个人忽然在马背上挺直身体，伸开两只手臂。他的头向后一仰，便从马背上滑了下来，栽倒在尘土飞扬的路上一动不动了。一个英国军官大叫一声，当兵的便列队出发。那个骑手的马在田野里慢跑着，还弓背跃起。军队从死尸身边走过，没有一个人扭头看尸体。

终于，最后一辆马车消失在弯道的另一头。我沿路向尸体跑过去，对于即将看到的景象，我感到很害怕。其他人也都跑了过去。

那个人趴在地上，侧着脸。他的后背中间有个破洞，鲜血浸透了衣服，汗水从他苍白的脸上向下流，呼吸十分急促。“快把他抬起来，送到酒馆去。”里德先生说，“米克，快去一趟霍巴特医生家，告诉他这里有个伤员。”

霍巴特医生家距离这里两英里。有那么一会儿，我很想骑马去，可英国军队就在我前面行军，就是朝霍巴特医生家的方向去，我担心要是我骑马，他们也会把我当成信使，开枪打我。若是步行，在必要的时候我就可以从田野里穿过去。

我撒腿狂奔。五分钟之后，四周都是英军踏出的尘土，我这才意识到，他们肯定就在我前面不远处。我连忙跑到路边，翻过石墙，横穿牧场跑到另一道石墙边上，那道石墙边上长着一排树。我翻过这道墙，开始沿着墙跑，与我刚才走的路呈平行方向。我觉得我可以超过英军，在他们之前赶到霍巴特医生家。不过我得奔跑才行。英国人的纵队足有一英里长呢。

我跑呀，跑呀，跌跌撞撞地穿过牧场上的残茬和犁沟。跑了差不多两英里的时候，我听到了枪声——一开始只有一两声，跟着就变成了枪炮齐射。我赶忙趴在石墙后面，抬起头四下看，却只看到我和路之间那片空荡的田野。我悄悄翻过石墙，猫着腰向田野另一边的石墙跑去，那道墙就在路边上。到达的时候，我立即趴在地上，听四周的动静。枪声还在继续，就在路南边，距离我有段距离。我冒险抬起头，往墙那一边看去。

英国兵在拐弯处，我看不见，不过有二十来个士兵在后面。他们成一纵队跪在路上，向路那边的斯塔尔上尉家射击。他们与我只有一路之隔。从藏身的石墙处，我能透过斯塔尔上尉家楼下的窗户，看到那边的情形。那里有叛军，正向英国兵开火。我估计是叛军埋伏在那里，趁英军走过的时候偷袭他们。透过窗户，我能看到叛军在四处移动。我不太认识他们，但有几个人看着眼熟。其中一个是斯塔尔上尉。还有一个是塞缪尔·史密斯的黑奴内德，就是他第一个跑来报告英国兵来了。

我正看着的时候，一个英国兵突然栽倒在路上不动了。其余人继续向房子开枪，仿佛冲他们射过来的子弹一点儿伤害也没有。英国人打起仗来就是这个样子。

突然，一个军官一声令下，士兵便站起来，步枪前端的刺刀闪闪发亮。那个军官举起他的剑，向房子冲了过去，士兵跟在他后面。他们来到门边，那个军官站在一侧，士兵则用枪托砸门。忽然，门被砸开，士兵们冲了进去。我听到有人在喊：“这里有黑鬼，该怎么处置他们？”

“干掉他们。”军官喊道。他挥舞着剑，冲进大门。我能看到内德一直蹲在窗边，这会儿他一个转身，离开窗户，想要调整枪口，向那个军官射击。但军官的速度更快。他一下子便把剑插进内德的肚子，随即抽了出来。内德摇摇晃晃走了几步，依旧端着枪要开火。这时，那把剑划出一道弧线，直冒寒光，这是我见过的速度最快的东西。内德的脑袋随即脱离了身体，飞到空中。我没有看到他的头落地，因为我吓得连忙躲到石墙后面，险些连五脏六腑都吐了出来。跟着，我站起来，跑过田野，翻过另一道石墙。我躺在那里，身上都是呕吐物的味道，内德的头飞到空中的景象一直在我眼前晃。过了很久，我才意识到我的身上都是冷汗，而且我哭了。我跪起来，听四周的动静。枪声停止了。我猛地想起了酒馆里的那个人。他也快要死了，我可不愿意他因我而死。于是，我悄悄沿树篱向前走，过了斯塔尔上尉家，我便穿过田野，回到路上。我四下张望了一会儿，只见在远处，英军在斯塔尔上尉家附近走来走去，他们正把沉重的东西搬进房子。我知道那是什么，但我不愿意去想。等他们把那些东西都搬进去之后，便放火烧了房子。我转过身，沿路向霍巴特医生家飞奔而去。我感觉自己再也不是亲英派了。

第十一章

霍巴特医生骑马先去酒馆，我则慢慢地走了回去。现在没必要着急了，而我努力忘掉刚才看到的可怕情景。我走到牛棚，尽可能把自己清理干净，然后回到酒馆。里面坐满了人，都是来讨论英国人突袭这事儿的。

那个人虽然受了伤，却还活着。弹丸击中了他的肋骨上部，就卡在了那里，没有给他造成太大的伤害。霍巴特医生给了他一大杯朗姆酒，他都喝了下去，这就可以开始治伤了。四个人把他按在一张桌上，霍巴特医生切开伤口，用手术镊把弹丸取了出来。“断了两根肋骨，”霍巴特医生说，“不过骨头还能长在一起。”霍巴特医生把绷带紧紧缠在那个人身上，让他在火边靠在被子上，又给他喝了点朗姆酒，吃了点东西。他喝醉了，但还是给我们讲了他的事。

“他们在找丹伯里的武器弹药。”他说，“我是来这里给民兵送信的。我们还以为会有人阻止他们。可惜我来得太晚了。”

霍巴特医生摇摇头。“你是白来一趟了。”他说，“这里的民兵队很弱。”

“我知道。”那个伤员说道，“但我们以为会有大陆军在。我想你们都听说过本尼迪克特·阿诺德将军吧？他和西利曼将军以及其他人从费尔菲尔德的康波就一直追着英国人。他们就盼着有人能拖慢英军的速度，这样他们就能追上了。他们并没有派人去对付那帮红制服英国兵，但我不知道这么做有什么好处。”

我深吸一口气。山姆就在本尼迪克特·阿诺德将军的军队里。或者说，至少之前是这样的。“先生，你是说阿诺德将军的军队要到雷丁来？”

“计划是这样的。不过打仗的时候会发生什么事可说不准。事态可是瞬息万变的。”

我知道，相信山姆可能在阿诺德将军的军中，这有点傻。可当你做了最坏的打算，就无法阻止自己心怀希望。我不知道母亲是否还记得山姆参加了阿诺德的军队。我想她不记得了。她是不会注意这种事情的。

我走到窗边，向外看去。天空布满乌云，开始下雨了。一个人正跑过训练场。过了一会儿，我看出那个人是贝茨上尉。他快步向酒馆跑来，打开门，走了进来。

“斯蒂芬,”有人说,“你跑出来了?”

“他们放了我们中的几个。”他说。

“一共放了几个?”

“九个。他们把大多数人都放了,只留下三个。”

“先生,杰里·桑福德还好吗?”

他摇摇头。“他们没放他。千万别问我他们留下一个男孩子做什么。”

“他们没放杰里?他们会把他怎么样,先生?”

“不知道。”他生硬地说,“这里出了什么事?”

“他们向北去丹伯里了。”一个人告诉他,“他们烧了斯塔尔的房子,还在那里打死了几个人。”

“丹·斯塔尔?他们杀死了丹·斯塔尔?”

“是的。”

贝茨上尉面目狰狞,脸上写满了敌意。“这帮狗杂种。还有机会追上他们。我要去集合民兵。我们要跟着他们穿过田野,从石墙后面伏击他们。蒂米,去把教堂的钟敲响。快点。”

我不愿意这么干,但我只能从命。我向门走去,不过母亲一把抓住我的衣领。“不,不。”她说,“不要让我儿子去。不要再让米克家的人参与这场可怕的战争了。要是你乐意,就让你自己的孩子去当兵吧,斯蒂芬·贝茨,但别打我的孩子的主意。”

贝茨盯着母亲。“你这个女人就没有一点爱国心吗?”

"去你的爱国心吧。就因为这劳什子的爱国心，我的丈夫进了大牢，我的大儿子冒着雨，踩在淤泥里，开枪打别人，随时都可能没命，我家的生意也是半死不活的。去别处宣传你的爱国精神吧，我早就听够了。"

"他们杀了你的邻居，苏珊娜。"贝茨上尉喊道，"他们杀死了丹·斯塔尔。"

"这么说，死的人已经够多了。"

"蒂米——"他说。

母亲从壁炉里抄起拨火棍。"别碰我的儿子，斯蒂芬·贝茨。"她说。她把拨火棍举过头顶。看她那狂野的眼神，我就知道，要是不得已，她一定会用棍子去打贝茨上尉。

"母亲。"我说。

"你真是不可理喻。"贝茨说，"我没工夫与你瞎扯。"跟着，他转过身，大步走出酒馆，砰一声关上门。几分钟后，教堂钟声响起，就此拉响了警钟。酒馆里的人纷纷离开。我知道他们有些是民兵，现在要去拿武器。其他人只是嗅到了麻烦的气味，想要撇清关系而已。很快，酒馆里就只剩下了两三个人。伤员在火边睡着了。在大风的吹动下，雨点噼里啪啦砸在窗户上。夜幕降临了。

母亲坐在桌边，用手抱着头。"蒂莫西，我想去祈祷。过来和我一起祷告吧。"她握住我的手，拉我和她一起坐在长凳上。我低下头。"上帝，"她说，"请让这场战争远离我们吧。我们做了哪些错事，才必须忍受战争？为什么战争会进行这么久？我们做了什么，在您看来要受如此惩罚?”她不再说话。不过我想这些问题是没有答案的。过了一会儿，她抬起头，站起来，开始切洋葱，放进炖锅，用来当晚饭。

一个小时后，我饿了，不知道晚饭什么时候能做好，这时候，我们听到远处又有动静——有踏步声，马蹄声，还有人在大呼小叫着下命令。我看着母亲。坐在火边的伤员抬起头。“他们回来了。”他说。

“有可能是民兵。”我说。但我的心扑通扑通直跳，我知道我盼着那是谁的军队。我跑到院子里。很快天就要全黑了，大风把雨点吹到我的脸上。我看着费尔菲尔德路，看得不太清楚，但我能隐隐约约看到好多人向我们这里走过来。我躲进房子的阴影中，看着他们走过来。过了一会儿，我可以分辨出骑马人的身形。看他们的帽子，就知道来的不是英国兵。我冲进酒馆。“是大陆军。”我说。

“谢天谢地。”那个伤员说。

我和母亲走到窗边。军队走过，跟着解散，到村里找地方避雨。很多人都去了教堂或教堂后面赫伦先生的牛棚。跟着，酒馆的门砰一声开了，四五个人走了进来。打头的是一位将军，穿着大陆军的蓝色长大衣，帽子上有帽章，还插着羽毛。他没和我们说话，在一张桌边坐下。副官站在他身边。“孩子，给伍斯特将军上朗姆酒。”副官说。跟着，他看看母亲。“您是老板娘吗，夫人？”

“是的，先生。”

“弄点饭来。”

我的炖菜就这么没了，不过我不在乎。大卫·伍斯特将军是康涅狄格民兵组织的领袖。我以前从没这么近看到过将军，趁着端上朗姆酒和水的机会，我好好看了看他。不过我有点失望——他看起来没有一点威风凛凛的样子，就是个疲倦的老人，满脸忧虑，还蹙着眉头。我看到他打了个哈欠，揉揉眼睛。“蒂莫西，”母亲厉声道，“把晚餐给先生们端上去。”

忽然之间，那个伤员挣扎着站了起来，敬了个军礼。

“你是谁？”伍斯特将军说。

“我是二等兵霍奇，先生。今天下午我中了英国人的弹丸。”

“这么说，他们就在这里喽？”

“是的，先生。大约八个小时前他们向丹伯里方向走了。”

伍斯特将军用一只手摸摸眼睛。“八个小时。”他轻声说，“见鬼。”他放下手。“请坐，先生。”他说，“这里有没有人拖延他们？”

伤员费力坐下。“没有，先生。我没看到，先生。”

我走上前去。“先生，几个民兵从这条路南边的一栋房子里向他们射击。英国兵把他们都杀了，还烧了斯塔尔的房子。”我想起内德的头瞬间从他的肩膀上飞了出去。

“孩子，房子里有多少人？”

“我也不清楚，先生。大概五六个吧。”

恰在此时，大门砰一声又开了。一个大陆军军官站在那里，环视屋内，然后走进来，副官跟在他身后，他们穿过房间，向伍斯特将军走了过去。我看到了军官肩上的徽章，他也是个将军。伍斯特将军站了起来。“本，”他说，“看到你真好。孩子，给阿诺德将军拿杯朗姆酒来。”

这么说，阿诺德将军来了雷丁。我端上朗姆酒、水和面包，我们把炖锅里最后一点炖菜舀出来，给阿诺德将军和他的副官填饱肚子。他们边吃边说，我则退到一边，等着看他们有何吩咐，并且听着他们说话。他们说起了路线、行军命令和其他我听不懂的军事方面的东西。他们两次友善地提到了威廉·赫伦。我觉得这很奇怪，但是我没怎么放在心上，因为我一直都在想，此时此刻，山姆可能就在雷丁的某个地方。可我要做些什么呢？他当然不知道父亲失踪了，我担心他可能怕回家。不过还有一个可能，那就是山姆或许并不在阿诺德将军的军队里，这会儿他可能驻扎在距离雷丁一百英里远的地方。我知道我很傻，可我就是控制不住我自己。过了一会儿，我说：“母亲，我去外面看看牲口。”

“去吧。”她说，“不过别去太久，我可能需要你帮我接待客人。”

我从厨房走到牛棚前的场院，然后绕到前面。此时天黑得伸手不见五指，雨落在我身上，我的脸上都是雨水。在路对面，几个士兵站在教堂门口抽烟斗。我走了过去。一个当兵的挡住了我的路。“我找山姆·米克。”我说，“他在吗?”

“你是谁?”

“我是他弟弟。”我说。

“你最好先找军官申请批准。”

我的心一凛。“山姆在这里吗?”

“还是去找上级吧。”他坚持。

另一个士兵转身看着我们。“别吵吵了。”他说，“随他去吧。”

“这个地方都是亲英分子，我可不相信他们。”

“哦，得了，这个男孩子没撒谎。山姆的老家就在这里，我知道。”

“那你就自己去找他吧。”第一个士兵说，“我可不想掺和。”

“在这里等会儿。”另一个士兵说，“我去看看能不能找到山姆。”他走进去，并没关上教堂大门。我能看到当兵的躺在长椅上和过道里，要睡觉了。有些捧着水壶喝水，有的嚼着干巴巴的面包。因为教堂里不能吸烟，那些想抽烟的人就到门口来。他们看起来很落魄，衣服不仅脏，还扯破了，大多数人甚至都没有正经的军服。他们都该刮胡子了，头发乱七八糟，没有梳理过。

我看到那个士兵走进人群中，四处张望，然后弯下腰，拍拍一个人。跟着，山姆便从通道向我走过来。他看起来成熟了一点，同样穿得破破烂烂，也是胡子拉碴。他走到门边。有那么一会儿，我们就这么望着彼此。跟着，他用手臂圈住我，拥抱了我，我也抱着他。“蒂米。”他说。我什么都没说。抱着他，感觉真是太好了。我哭了起来，他也哭了，我们就这样站在教堂门口，抱着对方，痛哭不已。几分钟以后，我们都觉得在这么多当兵的面前哭鼻子很丢脸，便松开了对方。

“我本来想去看你们的。”他说，“不过我不晓得你们是不是恨我。”

“恨你?”

“我以为是这样。”

“山姆，父亲——”

“我知道。”他说，“就是因为这个，我才以为你们不愿意见我。我不知道该怎么办。”

“你是怎么知道父亲的事的?”我问。

“军需官发现我对牛的事情很在行。我和他们一起工作了一段时间，到处找牛肉。有一次，我遇到了一个从塞勒姆来的人，他听说过父亲的事情。我想他是从普拉茨那里得到的消息。”他拍拍我的肩膀，“母亲怎么样?”

“她没有生你的气。我们都没有。”

“那我们回去看看吧。”他说，“我都两年没回家了。这会儿谁在酒馆里呢?”

“将军。”

“那我只能待在牛棚里了。我不该离开连队的。等一下，我知会别人一声，万一有情况，他们好知道去哪里找我。”

他走进教堂，过了一会儿又走出来，我们冒雨沿路而行，绕到房子后面的牛棚。

我点上提灯。“你变了，蒂米。”

“我现在有点像个大人了。”

“看得出来。你和母亲过得很辛苦吧?”

“我们就连周日也要工作。”我说，“山姆，他们把父亲怎么样了?”

他深吸一口气。“我不知道。可能关进监狱了吧。”

“可这是为什么呀? 他什么都没干，也算不上真正的亲英分子，他只是反对这场战争而已。”

“他把牛肉卖给了英国人。”

“他没有，他把牛肉卖给了博加德斯先生。他才不在乎是谁买了牛肉呢。”

“那又有什么区别呢? 牛肉还是到了英国人手里。结果都是一样的。反正是他把牛肉卖给了敌人。”

“你跟父亲对着来，山姆?”

“不是，但父亲要跟我对着来。”

“你离家出走了。”我说。

“是他让我滚的。我不想和他吵架，但他把我赶走了。”

“你走以后他还哭了呢。”我说。

“我知道。你以前告诉过我。你可别以为我很高兴离家出走，我很难过。我记得我冒着雨在路上跑，他那么做，我气坏了，还骂他来着。不过，就在我骂骂咧咧的时候，我想起的却是我们一起去弗普朗克角的事。他带我去纽黑文，到耶鲁大学注册，还在那里给我买新衣服和别的东西。最后，我不再咒骂，只是心里难过得不行，希望我们没吵过架。可惜太迟了，那都是两年前的事了，蒂米。”

“父亲进了监狱，你难过吗，山姆？”

“是的。”有那么一刻，他没说话，“事实上，我还以为我能把他救出来。我甚至为了这件事去找过阿诺德将军。只是我不知道父亲在什么地方。没人知道。”

“或许你可以再试试看。”

“蒂米，我不想再说这件事了，我太累了。”

他确实累了。“你没法子给别人写信打听一下吗？”

“蒂米，我不想再讨论这件事了。”

“只要你答应想办法把父亲救出来，我就不再说了。”

“我没办法把他救出来，我试过了。”

“但你可以再试试。”我说。

“得了吧，蒂米。”

我只好闭上嘴。我可不愿意吵起来，破坏气氛。我们瞧着对方一会儿。他说："能不能给我弄点吃的？"

"我去告诉母亲你回来了。"

我悄悄地跑过牛棚前的场院，穿过厨房进了酒馆。将军和副官都吃完饭了，这会儿一边喝朗姆酒和水，一边讨论计划。母亲瞪了我一眼。"你跑去哪里了？"

"布鲁的腿好像出问题了，我想你最好去看看。"

"等会儿再说吧。"她道。

"我觉得还是现在去的好，母亲。"

这么坚持可不是我的风格，她终于明白我别有用意。"那好吧，等一下。"她道，"去看看先生们还要不要朗姆酒。"我把酒杯倒满，帮她清理了餐盘，然后我们从厨房来到牛棚场院。"出什么事了，蒂米？"

"山姆在牛棚里。"

她一下子愣住了。"山姆回来了？"

"我就是干这个去了——我去找他了。我一开始就觉得他在阿诺德将军的部队里。"

她跑了起来，可她转念一想，便停下脚步，改为走。山姆看到她来了，便从牛棚的阴影里走出一点点。有那么一刻，他和母亲望着对方，然后他们紧紧拥抱在一起，我走上前去，搂住他们两个，和他们抱在一起。过了一会儿，母亲抽开身，盯着他看。"山姆，我已经两年没见你了。"她说。

他咧开嘴笑了。"我的样子变了吗？"

“你更邋遢了。”她说。

他哈哈笑了起来。“就这样？”

“还有，你成熟了。”她说，“你成熟了。”

“蒂米也是。我都认不出他了。”

“他不得不快点长大。”母亲说，“他没有别的选择。”

“我以为你们都生我的气。”他说，“我不知道你们是不是还愿意和我说话。”

“啊，我们都愿意与你说话。”她说，“我们需要你，回家来吧。”

“嘿，蒂米，我还以为你给我拿吃的来了呢。”他试着改变话题。

“我忘了。”我说。

“蒂米，去给你哥哥拿块面包，再拿一块挂在厨房里的火腿。”

我回到厨房，取了食物。我知道他们一定会吵起来。等我回到牛棚，就听见母亲说：“山姆，我们甚至都不晓得他是不是还活着。你现在必须回家来。我们需要你。”

这是我第一次听到她承认父亲可能不在人世了。山姆蹙起眉头，这话让他受到了伤害。“我想他并没有死，母亲。”

我把吃的递给他。

“真不错。”他说道，“谢啦。”他咬了一口火腿，又把一大块面包塞进嘴里。

我说：“他们在军队里就是这么吃东西的？”我知道，和山姆吵得面红耳赤，一丁点好处也没有，他不会改变心意的。我不希望母亲和他吵架。

他把吃的咽下去。“我看我们的想法都一样，要是运气不错，能找到点吃的，我们是不会在乎怎么个吃法的。”

但母亲不会妥协。“山姆，你必须回家来。我们需要你。你的人把你父亲从我们身边抓走了，他们必须把你还给我们。”

“母亲，我不能回家。这叫擅离职守，他们会把我绞死的。”

“你的服役期什么时候结束，山姆？”

他皱了皱眉。“还剩下两个月。但我会再次登记入伍。”

“这可不行，山姆。你必须回家来。”

“母亲，”我说，“别和他吵了。你说不动他的。”

“他犟得跟头牛似的。”她说。

“别说了，母亲。”他说，“我好不容易回家一趟，先是蒂米吵着要我去救父亲，现在你又缠着我，要我回家。除非战争结束，否则我绝不回家。战斗到底是我的责任。”

“你对你的家也有责任。”

“我对国家的责任排在第一位。现在，请你们两个不要再和我吵了。”

“可你会死的。”她说。

“有这个可能。”他说。

良久，我们都没说话。跟着，他说：“我们一群人都发了誓，不打败英国兵决不罢休。我们都向彼此起誓了。”

“哦，山姆，这是个愚蠢的承诺。”

我说：“母亲，别再和他吵了。”

“你们两个都是傻瓜。”她说。

他生气了。“看在老天的分上，母亲，人们去打仗，可是在为您这样的人献出生命。”

“那他们大可不必如此。”母亲说，“我不需要任何人为我去死。”

“让他休息一会儿吧，母亲。”我说，“他是不会改主意的。”

我们都陷入了沉默，我知道她在尝试接受这个现实。“那好吧。”她终于说道，“那好吧。”

我们聊起了别的话题。我们说到了庄稼，说到了熟人的近况。他让我给贝琪·里德捎个信。“我们可能很快就要开拔了。”他说，“我也说不准。告诉她，要是有机会，我就会去找她。”他顿了顿。“我该回去了，不然该有人来找我了。”

他先拥抱了母亲，又拥抱了我，跟着便转过身，走进牛棚场院，钻进了暗夜大雨之中。我们看着他离开，心里明白，这一别，有可能就是永别。过了一会儿，我们走回酒馆。

见到山姆，我有种奇怪的感觉。不仅仅是他成熟了，或是我长大了，而是别的。我这辈子第一次知道，山姆也会犯错，我知道我对一些事物的了解比他要强。我以前经常和他吵架，可那主要是为了表示我并不认同他说的所有事情。然而，这次我知道他错了。他要留在军队里，是因为他想留在军队里，而不是为了什么劳什子的责任。他就喜欢这份刺激。啊，我想，在他饥寒交迫甚至穿行于枪林弹雨之中的时候，他肯定常常觉得苦不堪言。然而，他觉得他参与了一项伟大的事业，他觉得他在做一件非常重要的事情。参与其中感觉妙极了，我知道，这才是他不愿意回家的真正原因。

了解了山姆的这个想法，我感觉很奇怪。我觉得自己再也不是他的小弟弟，而是可以和他平起平坐了。

第十二章

1777 年 6 月，我们得知父亲死了。那时候他已经去世一个月了。事实与我们预料的差不多：他被送去了纽约的一艘监狱船上。不过，有一点倒是很奇怪——那并不是叛军的监狱船，而是英国人的监狱船。我们始终没能打听清楚这到底是怎么一回事。估计就是战争的纷乱局势造成的。不过这些都不重要了。这些监狱船都是阿鼻地狱一样的地方，肮脏，夏天的时候闷热无比，冬天能把人冻死，只有难吃的饭菜可吃。最恐怖的当属疾病了——要是有人得了重病，船上的其他人一定会被传染。父亲就遇到了这样的事，他所在的那艘监狱船上出现了霍乱，有四五十人因此送了命，他就是其中之一。他们把他葬在了长岛，但我们不知道确切的地点。母亲说：“等战争结束了，我们就去找他的埋骨之地，为他立个墓碑。”只是我觉得她并不是真的以为我们能做到。

我们得知这个消息，还是那年春天在英军对雷丁的突袭中被抓走的一个人告诉我们的。他被送上了同一艘监狱船，父亲死时他就在身边。“他临死前拜托我一定转告你们。他说：‘告诉他们，我爱他们。告诉他们，我原谅了山姆。他是个勇敢的孩子，只是有些刚愎自用。’他说的最后一句话是：‘现在，我要去享受只有战争才能带给我的自由了。’”

但死的并不只是父亲。我们收到父亲死讯的两天后，贝琪·里德来到了酒馆。我给了她一罐啤酒。“听说杰里·桑福德的事了吗？”她说。

“没有。”我说。

“他死了。”她说。

“杰里？他死了？”

“大家都不晓得是怎么回事。他们把他关进了监狱船，他得了病，三个礼拜后就死了。这件事压根儿就说不通。他们抓走罗杰斯先生或贝茨上尉倒是容易理解，可把一个十来岁的男孩子关起来，又是为了什么呢？”

“他能给他们造成什么伤害？这场战争把人变成了畜生。”母亲说。

“他们把他的尸体装进麻布袋，在袋里装了石头，跟着扔进了长岛湾。”贝琪说，“他的父母甚至都不能给他收尸。我就是搞不明白他们抓他有什么用。”

“他们是畜生，全都是畜生。”母亲说。

“我看也是。”贝琪说，“山姆真该回家来。”

这是我头一次听到她不满山姆和他的理想。“我早就告诉过他这一点了。”我说，“他说他和朋友们都发誓，要坚持到取得胜利的那一天。”

“他还觉得他们能赢吗？”贝琪道。

“或许最后的赢家就是他们。”我说。

贝琪摇摇头。“就连我爸都说爱国者的前景不容乐观。”

我好奇地看着她。“你不希望他们赢？”

“我再也不关心谁能赢了。我只是希望战争赶快结束。”

“山姆肯定不喜欢听你这么说。”

“我才不在乎。”她说，“等我见到他，我也会对他这么说。三年了，他们一直在打仗，我们得到的只有死亡和饥饿。你父亲死了，杰里·桑福德死了，山姆·巴洛死了，大卫·费尔柴尔德死了，斯蒂芬·费尔柴尔德受了伤，其余的我就不一一数了。”

我母亲点点头。“从一开始，你父亲就是这么说的，他说：‘在战争中，死者为生者还债。’但他没想到他自己也要付出生命的代价。”

父亲宽恕了山姆，我想母亲也是，不过她从未言明。但我是否宽恕了他，我却不能肯定。我知道我看到他很高兴，也盼着他能回家，可我依然觉得他要为父亲的死负上一定的责任。并不是他抓了父亲，把父亲关进监狱，也不是他让父亲染上了霍乱。可他站在凶手那一边，为他们而战，我就是忘不了这一点。父亲死在了英国的监狱船里，在我看来，打仗的双方都有责任。我想我不会站在任何一边了，他们双方都有错。

夏天就这么过去了，冬天又来了，人们的处境更加糟糕，不仅仅是生活物资匮乏那么简单了。所幸雷丁附近不再有战事。反正到了冬天，他们就会消停下来，不再打得热火朝天。大家都不喜欢在冰天雪地里打仗，在有积雪的地方，道路冻得硬邦邦，很难行军，还容易生病。大陆军在宾夕法尼亚一个叫福吉谷的地方扎营。我们不知道山姆是不是在那里。根据我们得到的消息，他们都缺衣少食。听说这消息我倒是很高兴。我觉得叛军已是强弩之末，很快就会缴械投降，放弃这场可怕的战争。我甚至都不在乎山姆是不是也在过着饥寒交迫的日子。他这是活该，我们自己也吃不饱肚子。

山姆开始每隔一段时间给我们写封信回来——特别在听说父亲去世后，便每隔两三个月写一次。他并没有在信中说明他在什么地方。大多数时候他只是说他之前去过的地方。有时候，贝琪·里德也会收到他的信，她会来和我们说说他在信里说了什么。时间就这么悄悄流逝着。1777 年过去了，时间进入了 1778 年。春天到了，转眼到了夏天，跟着进入秋天，我们收获了庄稼。我真恨这场战争。生活陷入了单调沉闷的节奏。我十四岁了，本该一直去学校念书，学习知识。没准儿到了我现在的年纪，我就该开始考虑是不是要去纽黑文，到耶鲁大学读书。我对拉丁文或希腊文没什么兴趣，但在过去几年，我学会了很多生意经，对酒馆生意也有了些了解，所以我很想学习运算、测量和农业知识。我想我可能会经商。我也许会去纽黑文、纽约甚至是伦敦，给商人当学徒，学习经商之道。那时候该轮到山姆回家，帮母亲打理几年酒馆了，我则要去外面闯闯，开始我自己的生活。

可只要战争还继续一天，我就什么都干不了，只能裹足不前。物价飙升，商品供给短缺的情况越来越严重，所有人都负债累累。一个女人在这场战争中死了丈夫，变成了寡妇，食不果腹，她若是要赊账来买衣服或糖浆，你是不可能拒绝的，但如此一来，我们哪里有钱去进货呢？

那年秋天，我们去不成弗普朗克角了。叛军控制了韦斯切斯特郡北部的所有地区，包括皮克斯基尔、威尔普兰克斯、克罗姆庞德等等。我们现在没法子买到牛了。附近没有多少牛。渐渐地，人们只得杀掉牲畜来维持生命。然而，我和母亲还是买到了八头骨瘦如柴的奶牛，都是那些欠我们很多钱的人抵给我们的。这些牛身上没有几两肉，可食物这么短缺，我觉得只要我们能把这些牛送到英国的军粮库，就能卖个好价钱。这倒不是说我在乎把牛卖给哪一边，可只有英国人有钱——他们背后可是有整个英国财政部的支持。大陆军只会用军需券付钱，要是他们输了，那就只是一堆废纸而已。我听说怀特普莱恩斯就有个英国人的军粮库，穿过纽约边界，向西南走二十五英里就到了。我觉得我或许可以赶牛从林子里到那个地方。这事儿风险很大，但总比挨饿要好。我们需要钱去进货，这样才能维持酒馆和商店的经营。如果生意黄了，那我们真就是到了山穷水尽的地步了。

饥饿是一件很可怕的事情。这就好像鞋子里有根钉子，却要一整天到处走。你总是叫自己不要去想，却永远也不能真正忘记。要是你因为别的东西而想起这件事，比如看到书里写到了丰盛的大餐，或是看到一堆面包，就会感觉很疼——我是说真的很疼。饥饿会让你觉得很虚弱，也很容易生病。那年冬天，大家都感冒了，大多数时候不管走到哪里，都会吸鼻子。有些人病得很重，他们的家人只好多凑点食物给他们吃。我并不是说有人饿死了。没有人是真正饿死的，可通常情况下，大多数人都要挨饿。

整个 11 月，我都在打听那个英国军粮库的消息——是不是真的有这样一个军粮库，具体位置在哪里。但我没有得到任何可靠的消息。谣言满天飞——有的人说，军粮库在怀特普莱恩斯根本就是个谣言。有的人说，不，它不在怀特普莱恩斯，而是在霍斯内克。有的人说，是的，就在怀特普莱恩斯，不过叛军包围了那里。都是这一类的消息。只有有了十二分的把握，我才会到那里去。要是我碰到叛军，不光会失去牛，八成连我自己都要进监狱。只有在确定了军粮库的准确地点之后，才值得冒险；不然的话，我们还不如自己把牛宰了吃了。

时光荏苒，转眼到了1778年12月3日，山姆忽然回到了雷丁。那天早晨，他走进酒馆。他是那么瘦，一脸倦容。他的黑眼圈十分明显，军服上大约有六处破洞。他的皮带不知去向，这会儿用一根绳子绑在腰上，他戴的不是军帽，而是普通的皮帽。但他回到家很开心，一直面带笑容。“大家好。”他说。

母亲在厨房，我正在给火中添柴。“山姆。”我大叫起来，“母亲，山姆回来了。”

母亲冲进酒馆，一把抱住山姆，我也拥抱了他，跟着，他蹲在火边，吃了一碗粥，母亲还在他的粥里加了蜂蜜。“一个礼拜了，我这才觉得暖和过来了。”他说。

我们问了他一些自然要问的问题：他一直待在哪里，要去什么地方，诸如此类。“我要在雷丁待段时间。”他说，“帕特南将军带了两个团，冬天要在这里扎营。到了春天才会去隆恩敦躲藏起来。”

“这是什么意思？”

“有传言说，我们要么开拔去西边的哈得孙河，要么是往南去长岛湾，以免英国人攻击这些地方。有人说我们的大部队都要在这里，看守米德尔敦的军火库。我不知道——反正这些都是谣传。不过我们在搭建营房，所以我猜我们会在这里待一段时间。”

"你是怎么出来的?"

"我的运气还不赖。帕森斯上校,他全名叫塞缪尔·霍尔登·帕森斯,搬进了贝茨家。一个副官问有没有人是本地人,我说我是,帕森斯上校今天早晨就带我进了村,让我给他带路。"山姆笑了,"主要是告诉他哪里有姑娘。我就告诉他,在雷丁,只有两个女人,一个是我母亲,另一个是我女朋友。他说这也成,所以,母亲,你最好把最漂亮的衣服穿上吧。"

母亲笑了,可我觉得她并不觉得这话有什么好笑。"你瘦了很多,山姆。"她说,"军队都在挨饿吗?"

"整个国家的人都在挨饿。"他说,"今年冬天情况更糟了。蒂米,你买到牛了吗?"

他问的是我,却没有问母亲,我感觉很骄傲。"有八头呢。"我说,"不过全都瘦不拉几的。"

"把牛宰了,把肉藏起来。要不就把牛卖掉。把牛皮卖给军队,绝对能卖个好价钱。能卖的就卖掉。我敢打包票,你要是把牛留下来,肯定会被偷光。"

母亲蹙起眉头。"你的意思是,你的军队从自己人那里偷东西?"

"就算是要偷走婴儿的食物,饿昏头的人也干得出来。"他摇摇头,"有很多事你们都不明白。我们所有人都见到过好朋友被杀。我的一个朋友被刺刀扎伤了,六个小时后,他死了,这期间他一直惨叫不停。我们能做的就是拉住他的手，等他咽气。我看到我很欣赏的一个上尉被一枚炮弹炸成了两半。他是我们见过的最好的军官，他会担心手下的兵，把他们摆在第一位。他每次都等我们吃完了才去吃饭，我曾见到他把自己的口粮给了一个生病的士兵。英国兵把他炸成了两半，两截身体都有肠子挂在外面。”他打了个冷战。“经历过几次这样的事，你唯一在乎的就是你的战友了。你会跟杀猪一样杀英国兵。军队知道雷丁的人大都是亲英分子。他们觉得抢走亲英分子的牛就是在报仇。当然了，很多当兵的才不管你是亲英分子，还是爱国者，照偷不误。有些人是饿了才会干出昧良心的事儿，有些人天生就不讲道德，想偷什么就偷什么。大多数人自然都是诚实的，不会偷东西，可如果他们认为你是亲英分子，就会毫无愧疚地偷走你的牛肉。告诉你吧，要是一连好几个礼拜只吃干巴巴的食物和肥猪肉，你会很轻易把别人诬陷成亲英分子。我自己就这么干过。”

“山姆。”

“我可不会道歉。”

“战争把人变成了畜生。”母亲说。

“事后我会觉得羞愧。”山姆说，“不过并没有太过自责，毕竟我吃饱了肚子。”他缓缓地点点头。“蒂米，把牛杀了，把肉冷冻，藏在阁楼的干草下面，有需要的时候再去拿。”他从窗户看了一眼贝茨家。“我该走了。帕森斯上校可能在等我。”

“等会儿再走，山姆。”母亲说，“你才来了一会儿。”

“我要在这里待上整个冬天呢，母亲。或许我能和帕森斯上校的手下攀上关系。要是可以，我会设法拿到通行证。不过我向来都可以趁晚上溜出来。这么做有点危险。帕森斯上校算不上严厉，但管事的是帕特南将军。他是个伟大的爱国者，但对那些擅离职守的人，他的手段狠着呢。开小差要挨一百鞭子，要是罪责严重，我知道他会把人绞死，以儆效尤。他就是这样的人。不过我还是会想办法回来看你们的。”

他走了。我们和他一起走进场院，他走到贝茨家，进了屋。“他真是骨瘦如柴了。”母亲说，“我真担心他会生病。我再也不能失去亲人了，蒂米。”她突然哭了起来，可转眼之间，她便转过身，走回了屋。片刻之后，等我也回到屋里，我发现她已经冷静下来，正在清洗甜菜。

12 月 3 日之后，我们渐渐习惯了经常在村里见到士兵。常有信使往来，运送补给品的马车队列嘎啦嘎啦从雪地上经过，有时候，一起执勤的士兵会到酒馆来喝啤酒。靠近军队这事儿倒是对生意大有好处。一些军官搬进了附近的房舍。他们经常会在晚上来酒馆玩牌，喝酒或抽烟。生意很好——或者说，要是我们货源充足，应有尽有，而且，除去军需券，人们有的是钱买东西，生意一定会很好。

需求量最大的商品便是酒。军营里很冷，条件艰苦，唯一的缓解办法就是喝酒。他们不在乎喝的是什么酒——朗姆酒、威士忌、苹果酒，只要是我们能弄得到的，他们都来者不拒。威士忌很难弄，这种酒是用粮食酿造的，但粮食要用来果腹，因此州议会禁止酿造威士忌。搞到朗姆酒倒是容易些，苹果酒也常有，因为所有农民都会酿造这种酒。我用了很多时间骑马往来于农夫的家，买下他们所有的酒。他们手里总有用牲畜换来的朗姆酒。我能出好价钱买酒，因为我们能卖个好价钱——军官为了买酒，花多少钱都乐意。他们喝酒时不都说过了吗，“生命短暂，要及时行乐”。谁能知道自己会在何时走到生命的尽头呢？

普通士兵就没办法过得这么愉快了。一方面，雪下起来没完没了。在军队开始搭建营地大约一周后，便下起了暴风雪。营房尚未盖好，他们只好顶着严寒和暴风雪继续工作。寒冷是个大问题。营房说白了就是小木屋，要在整面后墙上建造一个巨大的石砌壁炉。可冰天雪地的，他们很难让灰浆凝固住。因为这个，烟囱很不严实，所以一半的烟都涌进屋里。大雪满天，砍树也很难。山姆告诉我们，他们为了盖兵营，遭了很多罪。就算兵营盖好了，住在里面也不舒服，十二个士兵挤在一个十四乘十六英尺的房间里，吸进去的烟比空气还要多，每次走动，都会被别人绊着。而且，大雪一直没有停过。到了1月，积雪已有三英尺厚了，石墙都被雪覆盖了，根本看不到。用雪橇想去哪里就去哪里，根本用不着留意路在什么地方。

山姆每隔一个星期或十天就能到村里来。因为他熟悉雷丁的地形，帕森斯上校常派他去送信。有时候，他会带着军需官一起来，寻找石灰、钉子、皮革等数百种军队需要的东西。他们以为山姆可能会知道谁有这些东西。其实，山姆通常都得来酒馆，问我是否知道有人有干草、雪橇或其他东西卖。

老实说，告诉他这些，会让我心有不安。军需官不管买什么，都会付钱，可一般而言他们给的都是军需券，关键是，对于卖与不卖，农民其实没有多少选择。可我没法让我自己对山姆撒谎，我从未做过这样的事。

山姆一直逼我们把牛杀掉。我不知道该怎么做。我早就打消了要把它们卖给英国人的念头。叛军就在附近，把牛转移到其他地方太危险了。再说了，积雪这么厚，也根本不可能做到。不过我一直盼着能找到好买家，给我出个好价钱。但山姆总是揪着这事不放。“我警告你，蒂米，迟早会有人惦记上你那些牛。”

“帕特南将军好像已经严令禁止偷盗了。”

“倒是有这么回事，听说要是士兵偷东西被抓到，帕特南将军会把他们绞死。他这个人铁面无私，却十分真诚。再说了，他希望人们都加入我们这一边，如果他任由军队抢掠，就会失了民心。我太了解他了。他鞭打了很多不服从命令的士兵，我肯定他很希望抓住偷东西的人，好杀鸡给猴看。”

“那还有什么可担心的？”

“别傻了，蒂米。很多人都会冒险，特别是喝醉了之后。你等着看吧，要是你不看紧了，他们迟早会把手伸向你的牛肉。”

我和母亲被这件事搞得心里七上八下。她觉得山姆说得对。“你也知道萨莉·迈尔斯的小母牛怎么样了。”迈尔斯太太是一位寡妇，独自一人住在雷丁的一栋小屋里。她养了几只老母鸡和一头皮包骨的奶牛，主要靠向附近的人卖牛奶和鸡蛋过活。几天前，五六个喝醉的士兵盯上了她牛棚里的那头奶牛，在牛棚里就把牛宰杀了，摸黑把牛肉带回了营地。

“我知道。”我说，“但我们最需要的是朗姆酒，而要想买酒，唯一能靠的就是那些牛了。”

1 月初就是这样的情况，我们决定撑过这个月再说。有谣言说英国人正在纽约市集结，要对长岛的村镇发动突袭。没人知道这会带来什么结果，不过有人认为，军营里的人会被召集到那里作战。我还是打不定主意。

一晃几个礼拜过去了。大家一心只盼着能熬过这个艰苦的冬天。看起来这场战争不会持续太久，就连山姆都觉得战争很快就要结束了。一天晚上，他回家待了一会儿，我们聊到了这件事。那是 1 月末的一天晚上，我们坐在酒馆的壁炉前。“依我看，春天会发生一起关键性的事件。”他说，“英国政府现在明白了，他们是不可能轻易把我们打败的。”

“也许他们认为你们都填不饱肚子，所以不会继续打下去了。”

他严肃地摇摇头。“他们也许是对的。”他说，“几天以前，几个人甚至都聊起了兵变的事。食物短缺，很多人连条毯子都没有，军饷也迟迟没有发放。很多人决定去哈特福德，讨要军饷。他们正准备这么干了，这时候帕特南将军来了，劝说他们放弃了这个计划。然后，他当场枪毙了两个带头的。要是他认为他做得对，就会不讲一点儿情面。”

忽然间，他不再说话。“怎么了?”我也听到了——先是砰的一声，然后传来了牛叫声。我们都听到了，外面有动静。

“像是牛惊了。”我说。

“有人。”山姆喊道，“快去看看。”

我们飞奔着跑过厨房，向牛棚跑去。天黑咕隆咚，但一轮满月挂在空中，月光洒在雪地上，所以发生了什么事可谓一览无余。牛棚的门敞开着，两头牛站在牛棚前，直眨巴眼睛，我们看到它们后面还有两头牛。我们冲进牛棚，发现有四头牛不见了。“见鬼。”我大声道。

“快把这几头牛赶回去。”山姆喊道，“他们肯定会在附近把另外几头宰了。积雪这么厚，他们不可能把牛赶出去很远。”

他绕过房子，向公路跑去，一直注视着雪地里的牛蹄印。我抄起一把铲子，用铲柄将剩下的四头牛赶回牛棚。

它们停蹄不前，足足几分钟之后，我才把它们赶回去，关上门，把门闩放好。跟着，我绕过房子跑到路上，我站定，举目向地平线望去。我什么都没看到，只隐隐听到训练场的远端有叫喊声。我向着声音的方向跑了过去，我猛地看到月光下有三个人一起朝我走过来。我停下脚步，等了一会儿，他们走了过来。山姆走在中间，鼻子在流血，下巴上有一道口子，两只手被绑在身后。

我站在那片白茫茫的开阔雪地里，周围全是影影绰绰的树。“山姆。”我喊道。

“蒂米，快去找帕森斯上校。”他大叫着说，“他们诬陷我是偷牛贼。”我一下子愣住了，跟着便转身飞奔起来。

第十三章

“求你了，先生，我要见帕森斯上校。”我说。

副官透过半开的门盯着我。“有什么事？”

“是山姆·米克叫我来的。他被当成偷牛贼抓起来了。”

“帕森斯上校不管这种闲事。”

“可他们弄错了。”我说，“他没做过，他只是去追那些偷牛的人而已。”

副官哈哈笑了几声。“这是肯定的。”他说，“他没偷牛，是牛自己跟着他出了牛棚。”

“求你了。”我央求道，“我说的是真话。我们就坐在——”

“够了。”他说，“帕森斯上校已经睡下了。你明天早晨再来吧，或许他到时候会见你。”

我意识到和他争辩一点儿用也没有。我只能等到天亮了再来见帕森斯上校。而且牛还没有拴牢，我必须去安排一下。“谢谢你，先生。”我说完转过身，穿过空荡的雪地，向训练场跑去。月光皎洁，我一眼就能看到三头牛站在布满积雪的训练场地中心。我尽可能快地深一脚浅一脚穿过雪地，向牛走去。走到近处，我才看到第四头牛躺在地上。它已经死了，半埋在雪里，肚子被割开，肠子在月光下闪闪发光，还结着水珠。

三头还活着的牛在厚厚的积雪里摇摇晃晃地溜达着，发出痛苦的哞叫声。我在训练场边缘的树林中找到一根树枝，将牛赶回家。这活儿真是太累人了。它们不喜欢在厚厚的积雪里走动，动不动就停下。半个多钟头之后，我总算把它们安全赶回了牲口棚。我弄了些干草给它们，然后走进酒馆。

母亲正坐在壁炉前，一脸忧心忡忡的样子。“我看到你到路上去了。”她说，“山姆呢?”

“他们把他抓了起来。”我说，“偷牛贼把他打了一顿，还污蔑是他偷了牛，现在不知道把他送到什么地方去了。”

“回军营了?”

“大概是吧。”我说，“他们明天一早就会把他放了，对吧?我是说，我们只要解释清楚了，就不会有事了，对吧?”

她晃了晃脑袋。“我有种可怕的预感，蒂莫西。我要去做祷告。”

“死牛还在那里，母亲。我要赶在别人发现它之前，把它弄回来。”

“要是我们没有时间向上帝祷告，请求他的帮助，那我们就更没有多少时间了，对吧？”于是我们跪下，为山姆祷告。然后，我拿出切肉刀，我们一起来到满是积雪的训练场，把牛切块。牛肉都开始冰冻了，很难切。我们必须把肉切成小块，毕竟我们都不够强壮，没力气把一整扇牛肉拖回家。一个小时后，我们终于切好了牛肉，把肉运回了家。我们把肉藏在牲口棚阁楼里的干草下面，冰天雪地的，牛肉在那里不会坏掉。

到了早晨，我又来到贝茨上尉的房子，求见帕森斯上校。他们让我在门外等了半个钟头，才允许我进去。帕森斯上校倒是很亲切，却忙得不可开交。我把事情的经过给他讲了一遍，但他耸耸肩。“山姆竟然被当成贼抓了起来，我很惊讶。我觉得他是一个很有爱国心的人，不会干出这种事，但知人知面不知心呀。”

“不是他干的，先生，是别人——”

他举起一只手，示意我住口。“我知道，你已经说过了。无论如何，我都对此无能为力。他们带他去了军营，要怎么处置，就得听帕特南将军的了。不过我现在会去一趟。将军早就想杀一儆百了。山姆的情况肯定不好过。帕特南将军是一位伟大的爱国者，忠心不二，而且对于那些违背职责的人，他绝不会轻易放过。”

我不由得担心起来。起初我以为不难把误会解开，毕竟被偷的是我们的牛。只要我们告诉他们偷牛的不是山姆，他们自然会相信我们。可听了帕森斯上校的话，我真的很担心。他似乎并不十分在乎山姆是不是有罪。这对他而言根本就无关紧要。我把情况告诉了母亲。

她看起来很伤心。“那些当兵的早就对死人这事见怪不怪了。再死一个人，对他们而言又有什么不同呢?”她叹了口气，“现在，我们必须去军营一趟，看看能不能救下他。”

不能两个人都去，必须留下一人看着酒馆。法律规定我们大部分时间都要开门营业，以免旅客无店可住。而且，不管怎么样，没人看着酒馆可能有危险。我决定让母亲去。她是个成年人了，比起我，帕特南将军或许能听进去她的话。她戴上女帽，裹一条围巾在肩上，便出了门。我站在场院里，看着她沿路越走越远，最后，她的身影变成了白色田野中的一个黑点。然后，我去了牲口棚，更仔细地检查了一下，看牛有没有受伤。这并不是说受伤与否有什么重要的，我已经打定了主意，一有机会，就把它们都宰了。

半个小时后，贝琪·里德走进酒馆。她连头发都没梳，满脸惊恐的神情。“山姆怎么了？我听说他被抓了。”

“因为他偷了我们自己的牛。”我说。

她气坏了。“山姆是不会这么做的。”她说。

“我没说是他做的。”我把事情经过给她讲了一遍，“母亲很担心。我从没见过她这么难过，就连我们听说父亲去世的时候也没有。那时候，父亲被抓走，后来我们又听说他死了，她始终都表现得十分坚强，可她现在撑不下去了。她还在努力，但她再也振作不起来了。”

“既然吃不饱肚子，”贝琪说，“就没有力气振奋精神。”她坐下，脑袋耷拉在酒馆的桌上。“我们能做什么，才能救出山姆？”

“我不知道。母亲去想办法了。”

“要是他们认定是他干的，会不会把他绞死？”

“不知道。”我说。这种可能性很大，毕竟所有人都说帕特南将军是个铁腕人物，但我不愿意这么想。“也许他们只会把他关起来。”

“那样就好了。”贝琪说，“至少如此一来，他就不会惹上更多麻烦了。”

我不知道该说些什么，我能想到的就只有父亲和杰里·桑福德。“能不能让你父亲想想办法？”

“也许吧。”她说，“我现在就去找他。”

她走了。我很高兴，我不愿意老是惦记着山姆。要做的事情多的是，足以让我自己忙个不停。除了我平常都做的事，我还要着手准备杀牛。首先我需要挂好钩子，用来在牛棚里挂肉。我们从没有一次杀过八头牛，也没有这么多挂肉的地方。为了让自己没有时间想别的事情，我就用空闲时间来琢磨怎么来杀这八头牛最好。

当然了，还是不断有客人光顾。都是一些常客——军官来吃饭，普通士兵来取暖，雷丁本地人来买东西。还有人问起山姆。消息传了出去，大家都想知道出了什么事。比奇先生来了，赫伦先生来了，贝茨上尉也来了。

我原以为母亲中午就会回来，可她没有，到了下午3点，我开始担心。每隔五分钟，我就向窗外张望，却依旧看不到她的身影。我开始做晚饭的炖菜——不管谁来，我们能提供的就只有这个了。天渐渐黑下来，她终于回来了。她看起来是那么疲倦，瘫坐在壁炉边的椅子上。我给她一杯朗姆酒，让她暖和暖和身子，正准备问她情况怎么样，可就在此时，几个军官进来吃饭喝酒，我们便忙活起来。一个小时后，我们才伺候军官们喝上朗姆酒和水，她才有时间在厨房里给我讲事情的经过。

她说她等到下午两三点，才见到帕特南将军。副官们一拖再拖，还老是赶她走，可她就是不走，最后终于见到了帕特南将军。他很冷淡，根本不愿意浪费时间见母亲。母亲给他讲述了事情的经过，他却只是耸了耸肩。“你也看到问题出在什么地方了，蒂米。抓他的那两个人一口咬定是山姆偷了牛。”她说得很缓慢，语气疲惫而无望。“山姆不应该在那里出现的；他应该在贝茨家，与帕森斯上校在一起才对。”

“可是帕森斯上校不在乎呀，他一向都允许山姆回家。”

“但山姆还是出现在了不该出现的地方。严格来说，山姆是擅离职守。对于偷牛这件事，他们为什么要相信山姆，却不信其他人？他们为什么要相信我？毕竟我是他母亲，为了救他，我一定会撒谎。”她顿了顿，“出去看看军官们还有什么需要吧。再给我拿点朗姆酒来，我很冷。”

他们不让我们见山姆，但几天后，里德上校来了酒馆，与我和母亲坐在一起。他的表情十分严肃。“我去了军营，”他说，“和那里的几位军官谈过了，恐怕山姆的情况不容乐观。”

“要不要朗姆酒，里德上校？”母亲问。她的声音很粗哑。“我自己要喝一杯。”没等他回答，她就拿来朗姆酒，倒了两杯。

“谢谢。”里德上校说。

“先生，为什么山姆的情况不乐观？”我问。

他抿了一口酒。“问题是这样的。山姆撞见那两个当兵的偷牛，他们怕死，知道帕特南会绞死他们，杀一儆百。所以，他们就扯谎说偷牛的是山姆，好让自己脱身。如果只是山姆和另一个人对质，情况可能不同，可惜现在对方是两个人，如果他们说的一样，别人就会相信他们。”他摇摇头，“还有一件事，那就是山姆来自一个亲英派家庭。”

“只是我们其实并不是亲英派呀。”我说，“父亲不是，我们都不是。”

“帕特南将军才不会相信你这话。”

“但他们不进行审判吗，先生？”我说。

“啊，对了。”里德上校说，“会照例交给军事法庭审判。

届时会有首席法官，还会有几名军官充当陪审团。但有个现实我们必须面对，那就是陪审团只会揣测帕特南将军的想法，然后照办。如果他们认为帕特南要借此事立规矩，他们就会吊死山姆——他们才不会在乎证据，只会拼命满足将军的想法。”

“那我们能做些什么呢？”

“祈祷吧。”里德上校说，“其实还有别人同时受审。有个屠夫叫爱德华·琼斯，来自里奇菲尔德，他为英国人探听情报时被抓住，还有个人偷了鞋，另一个人则被控开小差。我们只好盼着他们拿这些人做样子，而不会把山姆怎么样了。山姆的作战记录良好，这应该会有帮助。”

审判订于三周后的2月6日举行。我们什么都做不了，只有等。我不晓得该想些什么才好。我不明白他们怎么能认为山姆有罪，他打仗打了三年，将生命置之度外，他们怎么能为了他没做过的事而决定惩罚他呢？这说不通呀。

我去了两三次营地，就是想见山姆一面，可他们不允许。他们把他关在一间用作监狱的小屋里，却没告诉我是哪间小屋，生怕我偷送武器给他，或是帮他逃走什么的。我去了几趟之后，他们知道了我的身份，就不允许我再进军营了。我觉得要是有必要，我就趁天黑摸进去。他们把周边大多数的树都砍了，用来盖房子和生火，但毗邻军营的那座陡峭的小山山腹上有很多岩石，我觉得我可以躲在石块的阴影下偷溜进去。除非能知道他们把他藏在哪里，否则我偷溜进去一点儿用处也没有，于是我只好暂时放弃，静候时机。

我开始担心母亲。她从来都不多喝酒，只是在感觉冷或是生病的时候喝一杯朗姆酒。但现在她喝得很多。这并不是说她整日酩酊大醉。不过有时候我会看到她独自站着，眼神空洞，手里拿着一小杯朗姆酒。要是我不和她说话，她压根儿就注意不到我。也许是我多心了，但她确实变了，我心里很不安。

终于到了 2 月 6 日这一天。早晨里德上校第一个来到酒馆。“我现在就去军营。”他说，“若是有消息，今晚我来通知你们。”

一整天我都紧张到不能自已，吃不下东西，坐立不安。我不停地走来走去，要是有人进来买吃的或喝的，我就很高兴，因为那样我就能忙活起来了。有一次，两个军官进来点了两杯热朗姆酒暖暖身子。其中一个说：“你去看军事法庭审判了吗？”

“没有。”另一个说，“不用看也知道，帕特南将军早就决定要把他们全都吊死了。”

我一哆嗦，但没说什么。

天黑之后，里德上校终于来了。他很累，肩膀垮塌，脸色严峻。他根本用不着说话，我就知道结果是什么。

“你母亲呢？”

“在厨房。”

我进去把母亲叫了出来。她站在门口，一语不发。“米克太太，我带来了一个坏消息。他们要处死山姆。”

她礼貌地笑了笑。“你这消息不算新了，里德上校。我三个礼拜前就知道了。”

结果是这样的。偷鞋的人被罚一百鞭子。那个擅离职守的人也被罚一百鞭子。屠夫爱德华·琼斯要被绞死。偷牛贼山姆·米克将被枪毙。处决日期为2月16日周二，地点在军营附近的一座小山上。在死刑前的周日，所有人都必须去教堂。

我很惊讶，我竟然没有哭，也没有晕倒。我麻木了，心里很紧张，此外别无其他感受。而且，我开始制订计划。我做的第一件事就是去见帕森斯上校。他两次拒绝见我，因为他很清楚我的目的。但他就驻扎在我们隔壁，因此他知道迟早得见我一面，最后，他终于同意了。

“我帮不上你。”他直言不讳地说，“军事法庭已经宣判了，这案子已经有了定局。”

“那谁能帮我们，先生?”我问。

他瞪着我。“帕特南将军。你只能找他。”

“那好吧，请给我写张条子，我好去见他，先生。”

“我为什么要这么做?”他问。

“因为山姆什么都没干。您知道这是事实。”

他盯着我。“先生。”

“先生。”

他用手捂住脸。“战争是残酷的，孩子。有时候我们要做很多我们不愿意去做的事。在这场战争中，很多非常优秀的人都被杀了，我们能做的就是希望他们牺牲得有价值。也许他们死得并不值得。或许到最后，我们会得出这样的结论。可我并不这么认为，我觉得虽然战争带来了死亡和毁灭，却还是值得的。”他抬起头，看着我。“不，”他说，“我认为山姆没有偷牛。但我无法证明这一点，你也不能。谁知道呢？也许就是他做的。也许是他和另外两个人串通好了，好洗脱他自己的嫌疑。”

“山姆绝不会那么做的。”

他一掌拍在桌上。“注意你的语气。”他厉声道。

我脸一红。“对不起，先生。”

他把手放在脑后，向后一靠。“你想知道帕特南将军是怎么想的吗？我来告诉你。他认为，要是他没法子让人们站在他这一边，他就打不赢这场战争。他觉得要是当兵的胡作非为，祸害老百姓，比如强奸妇女，偷牛，烧房子什么的，人们就不会支持他。他是铁了心要整顿军队，让他们服服帖帖。他觉得他处死谁来实现这个目的并不重要。死了这么多人，有那么多母亲眼泪横流，那么多兄弟姐妹痛哭流涕。他认为，从长远来看，如果他处死一些人，就能缩短战争，拯救更多人命。对他来说，处死谁并不要紧；人和人受的苦都是一样的，一个母亲的眼泪不会比其他母亲的眼泪更多。所以他才会枪毙山姆。”

“可山姆是清白的，先生。”

“军事法庭说他有罪。”

“他们弄错了。”

他坐在那儿，一语不发。我等待着。过了一会儿，他道：“我相信你，所以我会给你写张条子，让你去见帕特南将军。但我现在提醒你，这一点用处也没有。这时候帕特南绝不会做的事就是大发善心。如果他要整肃军队，就不会轻易放过任何人。”

他拿起一张纸，飞快地写了几个字，折叠好，封起来，注明帕特南将军亲启。跟着，他把信交给我，我便飞奔着离开了。

我一路沿着已被踩实的积雪跑到军营。天空中布满乌云，又要下雪了。我来到大门边，喘得厉害，连话都说不出来。我把信交给警卫。他接过信，叫来了另一个士兵。“带这个小伙去见帕特南将军。”他说。

我们沿着营地里的过道而行，经过了一排临时营房。它们全都一模一样，足有一百栋，有青蓝色的烟柱冒出来，看来如同一片由烟雾形成的森林。到处都是当兵的，有的在伐木，有的在清扫，还有的在训练。然后我们来到一栋较大的营房前，也是用木头建造的。那个士兵把我的信交给门口的守卫。守卫拿着信进去，大约五分钟后，他走了出来。“等着吧。”他说。

半个小时过去了，一个小时过去了，两个小时过去了，军官进进出出，我依然在等。我饿得肚子咕咕叫，却不敢走开去找吃的。到了下午 1 点，一个当兵的走出来带我进去。

帕特南将军坐在一张粗糙的搁板桌后面，这是他们做好给他办公用的。桌上整齐码放着文件，还有墨水瓶、钢笔、用来吸墨的沙子和一摞地图。他是个大块头，年约花甲，有很多白发。他穿着浅黄色和蓝色相间的大陆军军服，看起来并不和善。

“你是米克？”

“是的，先生。”

“很好，有话就直说吧。”

我有点怕他。他的声音很生硬，目光犀利，但我还是照实把情况对他讲了一遍。最后，我说：“山姆不会偷自家的牛。他绝对不会。他打了三年仗，是个出色的士兵。他没做过，先生，我敢打包票。我知道这一点，是因为——”

“够了。”他说，“我的时间很宝贵。”他拿起一张纸，在上面很快写了几个字，然后说：“我会考虑的。就这样吧。”

“先生，我能见见我哥哥吗？”

他看着我，蹙起了眉头，跟着喊道：“军士，带这个小伙子去军人监狱，见见山姆 · 米克。确保他们之间相隔六英尺，不能传递任何东西。”

“谢谢，先生。”我说，然后便跟着守卫出去了。

军人监狱位于毗邻营地的一道山坡的底部。和其他营房一样，那也是一栋小木屋，四周设有尖桩篱栅，可以让犯人出来放放风。每个角落都有守卫把守。篱栅上有一些小洞，每个都有一英尺宽。守卫把脸靠在一个洞边，喊道："米克，有人要见你。"跟着，他用脚尖在雪地里画出一条线，距离篱栅大约有六英尺远。"不要过这条线。"他说。

山姆的脸出现在洞里。他的脸很脏，胡须蓬乱，头发乱糟糟。"蒂米。"他说。

"你怎么样，山姆？"我说。

"作为一个将死之人，我感觉还好。"

"不要放弃希望。"我说，"我刚刚见过帕特南将军。他说他会考虑你的事。"

"是吗？"他说，"真的？"

"他是这么说的。"

"他都说过什么？"山姆说，"他相信我是清白的吗？"

"不知道。"我说，"他没说。"

"你是个好孩子，蒂米。"

"山姆，他们怎么会觉得你有罪？"

"我想是因为我没有足够的论点。"他说。

"不，不是这样的。"

"另外两个人在撒谎。因为他们知道，我在训练场上发现了他们，所以他们就一定会有麻烦。一开始我只看到他们中的一个，我用步枪对准了他。可另一个藏在训练场上的阴影里，正在取出牛的内脏，他从我后面扑过来，用刀顶住我的后背。他们就是这样制住了我。跟着，他们把我打了一顿，还把我抓了起来。他们倒是挺聪明，编故事说听到有人大喊‘抓贼呀’，便看到我赶着牛穿过训练场，于是过来把我逮住。当然了，我不该出现在家里，我应该在贝茨家执勤。这对我很不利。就是这样。”

“我们还能做什么，山姆?”

“依我看，只剩下祈祷了。你最好让母亲去祈祷；相比你，上帝更可能相信她，蒂米。”他笑了，我也对他笑笑，心里却难过得紧。

这时守卫说：“时间到了，伙计。”

“我会再想办法来看你的，山姆。”我说。

“代我向贝琪问好。”他说。

“好的。”

“还有向母亲问好。”

“知道了。”我说，“我还会想别的办法，让帕特南将军相信你。”

他咧开嘴笑了。“你是全天下最好的弟弟，蒂米。”

我冲他笑一笑。“你才知道呀。”

“快走吧。”守卫说。于是我挥手道别，离开了那里。

第十四章

到了这个时候，我们已然没什么可做，只能等着看帕特南将军如何决定。于是，我们等待着。贝琪·里德常来酒馆，我们商量了很多计划，比如逃跑什么的。但没一个计划可行。一个星期过去了。2 月 13 日周六这一天，里德上校从军营来到酒馆，说帕特南将军拒绝了我们的请求，不会网开一面。

我号啕大哭起来。“这不公平，他为他们打了三年仗，现在他们却不分青红皂白地要枪毙他。”

里德上校伤心地摇摇头。“我知道，蒂米。”他说，“我知道。战争一向都是不公平的。由谁来选择哪些人该死，哪些人不该呢?”他拍拍我的肩膀。“现在，你只有接受现实了。勇敢点，帮你母亲撑过去。她现在需要有人在身边陪伴。”

但我做不到勇敢，我觉得自己坚持不下去了。我很愤怒，很痛苦，很想杀人泄愤。要是我知道该杀谁就好了。

参加周日的礼拜仪式似乎特别重要，这样所有人就都可以为将在周二被处死的人祈祷了。母亲拒绝前往，她只是安静地坐在壁炉边，做缝纫活。

“母亲，这是强制的，我们必须去。”

“我不去。”她说，“他们想杀谁就去杀好了，想带谁去教堂就带去好了，但我就是不去。对我来说，这场战争已经结束了。”

我去了。我坐在楼厅里，曾几何时，我和山姆一起在这里坐过无数次。半个小时后，我哭了，我走到外面，没人阻拦我，我猜他们都清楚我的感受。

那天晚上，我们很早就关门了。反正也没有客人。我想大家都不愿意和我们待在一起，毕竟气氛太压抑了。“干脆永远都不要营业了。”母亲说。我注意到她不再喝朗姆酒，因为一切都结束了，没有任何需要为之紧张的事情了。

“酒馆是父亲留下来的。”我说。

“我不会再接待大陆军的军官。”她说，“再也不会了。绝不。”

我知道晚上我肯定睡不着，我想母亲也是如此。于是，我又往壁炉里扔了几根木柴，把椅子拉到炉火前。“我们来想想办法，母亲。”

“什么都不需要想了。”她说，“就让死者去埋葬死者吧。”

“他并没有死，母亲。他还活着。”

“他死了，蒂米。”她说，“他和你父亲一样，已经死了。”

“你说得不对。”我说完便站起来，从壁炉架上方的墙壁上拿下父亲的刺刀。我走进厨房，从搁物架上拿出磨刀钢棒，开始磨刺刀。母亲没有站起来，她什么都没说。我磨了很久，将刀磨得十分尖利，它能轻易穿透人的胸膛，就好像炽热的钉子穿过黄油。然后，我走到酒馆，穿上外套。

母亲依旧盯着噼里啪啦燃烧着的火焰。“孩子，你要去送死吗？”

“我要去把我哥哥救出来。”我说。

“不，你不是。”她用轻柔的声音说道，“你只是去送死而已。你可以这么做。你大可以把命送掉。老话怎么说来着？男人必须去战斗，女人只有哭泣的份儿，但我不会为你掉一滴眼泪。我为这场战争流的泪已经够多了。”

我望着她。然后，我转过身，走出大门，扣上外套的扣子。

此刻月色皎洁，月光洒在积雪上，几乎亮如白昼。我不敢走大路，因为我永远都不可能知道谁会从路上冒出来。于是我从林地穿过，沿灌木篱墙穿过牧场，那儿的雪不如公路上的雪那么结实。幸好积雪在自身重量下已经变得紧实了一些，这样我每走一步，双脚只会陷下去几英寸。不过有意思的是没什么能困扰到我。我不累，不冷，也不担心。我的思绪如同一团乱麻，想不出任何计划。我知道我应该想个计划才对，但我就是无法让我的大脑正常运转。我能做的就是往前走到军营，再看看下一步该怎么做。

终于，我来到了军营旁的山脊顶部的一排树木边上。我蹲下，从一棵树悄悄溜到另一棵树。没剩下多少棵树了——当兵的砍掉了大多数的树木，用来盖房子和取暖。过了一会儿，我来到最后一棵树边，这里正好是山脊的边缘。我停下，向下张望。这道山脊向下倾斜，十分陡峭，坡长约一百码。营房就建在底部，营房边上是泥泞的路。到处都能看到大炮或马车，还有一些用来关马和牲畜的畜栏，却几乎没有看到人。光线从营房的缝隙透出来，在雪地上留下了一道道痕迹。

军人监狱就在我前面，显得死气沉沉。我盯着那栋小屋，它和周围其他小屋没什么区别，只是四周围着十英尺高的栅栏。一角有个守卫站岗，不过那个人也不是很警觉。我估摸他冻坏了，很想去暖和暖和，不会经常四处巡逻。

我还是没想好任何计划，可我的选择并不多。我唯一能做的事就是悄悄溜下去，干掉那个守卫，打开门，放走那些犯人。要是他先发现了我，我就要想办法把刺刀抛到栅栏那一边，盼着山姆能趁乱自己跑出去。这算不上什么计划，可我只能想到这么一个办法。

我和军人监狱之间那段山腹上的树都被砍光了，不过山腹上还留有大量残桩和圆石，我估摸要是我小心点，就可以从一棵残桩跑到另一棵残桩，一直下到山脚。到了山脚下，在最后一个树桩和军人监狱之间，有一块方圆五十英尺的空地。那时候我必须快速冲过去才行。我觉得那里的雪都被踩实了，跑起来应该不算太难。

我在树桩和圆石之间穿梭，开始下坡。大部分时候我都是向下爬，整个身体几乎都陷进了雪中，这期间还要注意那个守卫。他好像并没有常常四下张望。

这会儿，我就快到斜坡底部了，不过我的位置还很高，能看到监狱墙壁的另一边。于是我停下来观望。我看不到有人走动。犯人们都在屋里，我想他们是在里面取暖，不过我觉得他们肯定都睡不踏实。我很想知道，若是知道自己很快就要死了，是不是还会在乎冷不冷。我想大概还是会在乎吧。

我瞥了一眼守卫。他还是站在原地，于是，我用圆石做掩护，滑下剩下的山坡，一直来到开阔空地的边缘。军人监狱此时就在五十英尺开外的地方。我盯着那个守卫。他已经有段时间没走动巡逻了。这会儿，他靠在他的步枪上，脑袋向前探，我突然意识到他这是睡着了。我从腰带里抽出刺刀，紧紧握在手里。如果山姆能杀人，那我也能。我打定主意，只要有可能，我就去割断他的喉咙，这样他才不会发出任何声音。我稍稍直起身体。我的心怦怦直跳，呼吸急促，手直发抖。

然后我站起来，从圆石后面冲出来，在皎洁的月光下跑过空地。我的双脚踩在雪地里，嘎啦嘎啦直响。那个警卫惊醒过来。我加快了速度。他抬起头，盯着我，有点茫然。我向前猛冲过去。“站住。”他喊道，跟着举起步枪，用刺刀对着我，距离我只有二十英尺。

我猛地停住脚步。“山姆。”我扯着嗓子喊道，“山姆。”守卫向我猛扑过来。我举起刺刀，扔了出去。刺刀在月光下闪着寒光，慢慢地转了几圈，落在了军人监狱里面。跟着，我转过身，飞快地穿过雪地，想到山腹的圆石后面躲起来。可我刚跑了三步，守卫的步枪就发出一声恐怖的枪响。我感觉有什么东西在用力拖拽我的肩膀——不仅仅是拖拽而已——我还是冲上斜坡，跌跌撞撞地向上爬，迂回地从一块岩石到另一块岩石，保护我的背部。我身后响起了一片叫喊声、跑步声，还有马调转方向的声音。又一声枪声响起，跟着又是一声。我听到一颗弹丸击中了我边上的一棵树桩。现在我就快到山顶了。我拼了命往上爬，上气不接下气，过了一会儿，我终于爬到了山脊顶部的树边，赶紧趴在地上。现在他们不可能抓住我了。路上有积雪，他们不可能骑马，而且我跑出去太远了，他们单靠双脚是追不上我的。我翻了个身，向下望去。两三个士兵开始向上爬，到处都有人在跑，还有人在装马鞍，军官则在大喊大叫。

我望向军人监狱里面。那里没有一点儿动静，也没人走动。就在监狱所在的那片四四方方的雪地中央，有一个东西在月光下闪着光。我知道，我所做的一切都是白费了。犯人根本就不在这里，而是被转移到了其他地方。我的肩膀流血了，我按住受伤的地方，一路跑回了家。

母亲坐在壁炉前的椅子上睡着了。我悄悄脱下衬衫，查看伤口。那颗弹丸正好从我的左肩上部擦了过去，掀掉了一小块肉。我感觉这只手臂都麻木了，但手脚都没断。我清洗了伤口，包扎好，又把有弹孔的衬衫藏在褥子里面。我估摸他们兴许能猜到是谁把刺刀扔进了监狱，但他们都没证据。我上了床，马上就睡着了。

母亲拒绝去看执行死刑。我去了。我知道山姆肯定希望有人去，况且还要有人去收尸。他们在军营西边的山上搭了一个绞刑架。周围聚集了很多人。我站在路上等着，最后看到一队士兵走过。首先过来的是鼓手，敲打着缓慢的鼓点，后面是军队，山姆和爱德华·琼斯则在囚车里。他们的手被绑在身后；脖子上也捆着绳子，另一端系在囚车上。他们后面还有更多士兵。帕特南将军要让军队全都观看执行死刑，引以为鉴。“山姆。”我在他经过的时候喊道。

他回头看着我。他的脸色惨白惨白的，却还是挤出一丝笑容——这笑容虽然有点儿勉强，却依然是在笑。跟着，他们全都走远了。等到军队都走过去之后，我跑到人群聚集的地方，向里面挤过去。人们看清了我是谁，便让开路让我过去。我挤到了前面，但没有站在最前排。我有种奇怪的感觉，那就是我很想躲起来。我不愿意站在人们都能看到我的地方。

他们已经把爱德华·琼斯带到了绞刑架上，还在他的脑袋上套了个麻布袋。从绞刑架悬下来的绳索就在他上方一臂远的地方。一个当兵的把套索套在他的脑袋上。泪水模糊了我的双眼，我什么都看不清。长老会牧师纳撒尼尔·巴特利特走上绞刑台，做了祷告，然后走开。我盯着地面。只听特别古怪的砰的一声，人们都倒抽一口冷气。我抬起头，就见琼斯悬在绞刑架的绳索一端，他的双脚距离地面只有一点距离，像是在来回舞动一般。

我刚才没看到山姆，但此时他们把他从一群士兵中间押了出来，推搡到绞刑架前面的一片空地上。他的脑袋上也蒙着麻布袋，我不知道蒙着这个袋子是什么感觉——会不会又热又痒？巴特利特先生走出来，又为山姆做了祷告。我强迫自己也为他祈祷，只可惜我的嘴巴发干，什么话都说不出来。他们让山姆侧身对着人群。三个士兵站在他前面，举起了步枪。他们之间的距离太近了，步枪的枪口几乎都触到了山姆的衣服。我听到我自己在尖叫："不要枪毙他，不要枪毙他。"就在此时，山姆猛地向后栽倒，仿佛受到了木棒的重击。我并没有听到枪响。他先是脸朝下栽倒在地，跟着突然转过身，仰面躺在地上。他还没死。他躺在地上，浑身颤抖，膝盖一会儿立起来，一会儿放下。他们开枪的距离太近了，他的衣服都着火了。他抽搐不止，过了一会儿，另一个士兵又给了他一枪。跟着，他便一动不动了。

尾　声

今年是1826年，美国建国五十周年，我写下了这个故事，以此纪念我的哥哥塞缪尔·米克短暂的一生，他在四十七年前为国捐躯。我六十四岁了。我希望自己能健康地多活几年，但我的大部分人生已然过去。就绝大多数时间而言，我的生活很幸福，也很成功。

我现在不住雷丁了。山姆死后，我就开始恨那个地方，只想远走高飞；但战争又打了将近三年，在战火纷飞的环境下，还很难去思考到另一个地方重新开始生活的事儿。

在山姆死后的头几个月里，我只能做那些平时都做惯了的事。但时间能治愈一切伤口，等到第二年秋天，我便习惯了心里的伤痛，开始琢磨我自己该如何生活。赫伦先生教我运算和测量，他人很好，不收我一分钱学费。等到战争终于结束之后，我和母亲便卖掉了酒馆，搬到了宾夕法尼亚州，那里要开发新土地，急需测量员。我们先后搬了几个地方，最后在一个叫威尔克斯-巴里的镇子定居下来。我们在那里盖了个酒馆，我开始买卖土地。我用这门生意赚来的钱建了一家锯木厂，又盖了一家商店，配合酒馆的生意。然后，我和其他几个人开了一家银行。我结了婚，生了几个孩子，得益于工作和上帝的意愿，我成功了，所以今天我能享受天伦之乐，有孩子，也有孙子，还有果园和花园，生活中充满了平和与安逸。

母亲一直没有真正从山姆的死的打击中恢复过来。她说到做到，只要战争还继续一天，她就不招待大陆军军官。只能我一个人去干这些活。她活到了耄耋之年，即便是在她人生的最后阶段，她依然经常在说话时讲起山姆，或是给我的孩子们讲他是个多么固执的人。但是，她有着坚韧不拔的性格，因此活了下来，享受到了儿孙之乐和她的新生活。她在我们国家的历史上留下了自己的印记。

我敢肯定那是一段伟大的历史。我们国家脱离了英国人的统治，繁荣发展，我则随着国家一起进步。或许在美国今后的国庆日，有人会看到这个故事，知道我们为了独立付出了怎样的代价。父亲说过，“在战争中，死者为生者还债”。他们为我们付出了很多。但即便是在五十年之后，我依然认为，除了战争，或许会有其他方式也能实现同样的结果。

这本书在多大程度上是真实的？

历史学家有很多方法找出过去发生了什么事，为什么会发生这些事，可他们无法知道一切。在创作本书的过程中，我们尽可能贴近历史，然而，我们必须对相当一部分内容进行虚构。康涅狄格，雷丁镇，这些都是真实的，那个时候的这些地方与我们书中描述的一模一样——至少就我们知道的而言是那样。我们称之为米克酒馆的房舍依然矗立在那里，位于第 58 号公路和横贯公路路口的东南角。1833 年，教堂被烧毁，后在原址上重建。在教堂墓地中，可以看到赫伦家和米克家成员的墓碑。

帕特南将军设在雷丁的军营现在是帕特南公园。有关方面重建了几栋营房，向人们展示昔日的时光。如果你能到那里去，就能看到那道斜坡，曾几何时，有人可能真的从斜坡上的一个树桩跑到另一个树桩，不过现在那里已经长满了绿树。

很多人物也都是真实的。伊斯雷尔·帕特南将军是美国著名的爱国主义者，意志坚强，忠诚，勇敢，与我们书中描写的一样。里德上校也确有其人，做过我们在书中描写的那些事情。汤姆·瓦拉普是真实的人物，如书中所讲一样，确实住在里德上校家后面的小屋里。黑奴内德确有其人，他的死与我们描述的一致。威廉·赫伦在历史上是一个真实且充满神秘感的人。他好像同时效忠于美国人和英国人，至少是一个双重间谍，但历史学家并不肯定他在战争中到底扮演了什么样的角色。贝茨上尉，丹尼尔·斯塔尔，阿莫斯·罗杰斯，小杰里·桑福德，约翰·比奇牧师——这些也都是真实的人物。他们的人生与死亡就是本书中描写的那样。

当然了，我们在本书中让这些人物所说的话、所做的事都是虚构的。我们尽力使他们的一举一动符合我们认为他们在那个时代背景下应该有的表现，但我们也只是在猜测而已。

那米克一家呢？雷丁确实有一家人姓米克，他们在阿斯派克图克河边有一座磨坊，杰里和蒂米就是在那条河里钓鲱鱼。你可以看到米克山与埃斯波塔克河相交处附近的那片空地。但对于米克一家，我们了解的情况仅此而已。从根本上来说，我们虚构了他们一家人，比如蒂米、山姆，还有他们的父母。贝琪·里德也是我们虚构出来的。我们尽可能精心地确保他们的行为符合时代背景。然而，我们使用了现代语言来讲述这个故事。部分原因在于这可以使得整个故事通俗易懂，但主要原因是没有人能真的肯定人们在那个时候如何交谈。

这个故事本身又有几分真实呢？主要的历史事件都是真实的，米克一家参与的事则除外。耶鲁大学的学生确实在1775年拿起武器，参加了战争。叛军的确进入了雷丁，因为雷丁是个坚定的亲英派城镇，所以他们收缴了当地人的武器。去弗普朗克角这段故事是虚构的，但弗普朗克角真实存在，如今可以到威尔普兰克斯镇去，而且人们确实会像米克家那样，到那里去。此外，我们书中写到的牛仔确实会偷牛和打劫。英国人在蒂龙将军的带领下突袭雷丁确如书中描述的那样，真实发生过。根据目击者报告，叛军的信使被射杀，丹尼尔·斯塔尔家的战斗，以及内德被斩首，都与我们描述的一样。另外，贝茨上尉、罗杰斯先生、杰里·桑福德和其他人后来都被释放了，可杰里·桑福德则死在了监狱船上。

当然没有发生过山姆·米克被枪毙的事情，因为山姆这个人是虚构的。然而，叫人伤心的是，屠夫爱德华·琼斯和一个十七岁士兵约翰·史密斯被帕特南将军处死了，他们的死与我们书中所写的山姆·米克的死很相似。因为死刑的目击者报告有些矛盾，所以我们无法确定全部细节，